scheriau
kremayr

Rhea Krčmářová

Böhmen
ist der Ozean

Erzählungen

Verlag Kremayr & Scheriau

Die Autorin dankt dem Bundeskanzleramt Österreich
für die Unterstützung ihrer literarischen Arbeit.

www.kremayr-scheriau.at

ISBN 978-3-218-01105-1

MIX
Papier aus verantwor-
tungsvollen Quellen
FSC® C012536

Gedruckt mit freundlicher Unterstützung
durch die Kulturabteilung der Stadt Wien.

WIEN
KULTUR

Inhalt

INSELHÜPFEN

49° 11 N, 14° 42 O Auf den Grund gehen

Man erzählt sich, meine Großmutter sei im Stau-
teich von Konopiště ertrunken. Manche sagen,
es war im Winter und sie habe mit ihren Schlitt-
schuhen pirouettengroße Löcher ins Eis getanzt.
Andere sprachen vom Sommer und davon, dass
sie nackt unter dem Schilf getrieben sei. Ihre Lei-
che hätte man unterhalb der Wehr aus dem Wasser
gezogen, mit bläulichen Lippen und mit Gräsern
im Haar, eine Ophelia, überreif ins Wasser gegangen. Seitdem erscheint sie den guten Leuten von
Benešov, die bekreuzigen sich dann und huschen
weiter, manche halten sie auch für die Mittags-
hexe, oder für ein Dunstgespenst.

Ich sehe ihr Spiegelbild vor mir, im Wasser der
Regentonne, wie es zwischen Blättern über däm-
merungsdunklem Grün schwebt. *Babičko*, Großmutter, hast du den *hastrman* gesehen? Sie schaut

mich an, versenkt dann die Gießkanne in der Tiefe, der Garten durstet nach den Regenüberresten. Wenn du wochenlang nicht da bist, sagt sie, spinnen die Leute sich seltsame Gedanken zurecht. Wenn du nach Monaten des Wartens einmal den Passierschein hast, die Kröten des Passamts hinter dir lassen kannst, musst du auf eine lange Reise gehen. Schiffspassagen dauern nun mal ihre Zeit.

Ich helfe ihr, die Gießkanne aus dem Wasser zu heben, und frage nicht mehr nach. Ertrinken hat in meiner Familie Tradition.

48° 58 N, 15° 8 O Ans Meer, ans Meer

Badetasche packen. Sonnencreme nicht vergessen. Das Schiff besteigen, am Franz-Josefs-Bahnhof. Mit der Bordkarte zwischen den Zähnen ins Abteil zwängen, Tür und Vorhang zu, andere Passagiere sind nicht erwünscht. Aus dem Fenster schauen, während das Schiff durch die Vororte tuckert, durch Auwälder schwimmt, vorbei an Kleingartensiedlungen und Weizenfeldern. Telefon abdrehen, auf hoher See gibt es keinen Empfang mehr. Auf das Kapitänsdinner wird traditionell verzichtet, tschechische Chips und Kofola-Limonade helfen nicht, wenn man seekrank wird.

Noch treiben wir im Fluss, gleich nähern wir uns der Mündung, nehmen wir heute den Weg über die Sümpfe von České Velenice oder die mährische Meerenge bei Břeclav? Mitten im Delta dann nichts zu verzollen. Milder Wellengang heute, sagt der Schaffner, Sie sind grün um die Nase, soll ich Becherovka holen, Kräuterschnaps aus der Schiffsapotheke? Dann macht er eine Durchsage, zweisprachig: Nächste Anlegestelle: Veselí nad Lužnicí.

Meine Bücher sagen, Böhmen liege am Meer. Aber nur deshalb, weil weder William noch Ingeborg sich je vom Rande Mitteleuropas aus an Bohemia herangetastet haben. Sonst hätten sie die Wahrheit geschrieben: Böhmen ist das Meer. Ist der Ozean, inklusive des Mariannengrabens, der liegt meiner Schätzung nach so in der Gegend des böhmisch-mährischen Hochplateaus. Nördlich von Gmünd und Hohenau nur Wasser und einzelne Inseln, wenige davon habe ich je betreten. Ich nenne sie Benešov, Mikulov oder Brno. Die anderen Inseln kenne ich nur vom Vorbeitreiben, Tábor zum Beispiel oder Česká Třebová, vom Fenster der Fähre, unterwegs zur Haupt(stadt)insel.

Manchmal frage ich mich, warum ich nicht einfach aussteige, zwischendurch, irgendwo, sagen wir einmal Pardubice. Vielleicht fürchte ich mich davor zu ertrinken. Im Ozean. Im Gedankenfluss. In der Regentonne.

Es ist dunkel, ich bin vier, und sie heben den Vorhang *na nebi hlubokém*, am tiefen Himmel. Ich hänge über der Logenbrüstung des Nationaltheaters, und meine Märchenbücher erwachen zum Leben. Ich erkenne die Musik, die mich jetzt in sich eintauchen lässt, die Eltern lassen nicht nur Kinderlieder durch meine Ohren fließen. Feuchte Feen singen sich über die Bühne. Mein Vater flüstert, die unter dem größten Scheinwerfer heiße Rusalka. Sie ist schön und ein wenig schlammig und endet als Irrlicht über dem Wasser. Ich bin traurig. Aber ich weiß, die Musik werde ich mitnehmen, werde sie in den nächsten Tagen und Monaten in meinem Kopf hin und her schwappen hören.

Dann taucht der Wassermann auf, und ich fürchte mich nur ein bisschen. Der grün bemalte Opernsänger scheint fast väterlich. Seine Brüder da draußen sind es nicht. In Böhmen und Mähren hat jeder Fluss, See und Fischteich seinen *vodník*. In den Büchern von Josef Lada sieht die Wohnung des Wassermanns am Teichgrund aus wie eine Bauernküche aus der »Verkauften Braut«, Esstisch aus dunklem Holz, Stühle mit Herzloch in der Lehne, eine Kredenz mit bemalten Tontöpfen, nur die Fische, die durchs Zimmer schwimmen, zeigen, wer da zu Hause ist. In den Töpfchen, das hat man mir vorgelesen, bewahrt er die Seelen der Ertrunkenen auf. Manchmal sitzt er auf einer Weide, in der Nacht, und raucht Seegras in seiner Pfeife. Bös kann er sein, der *vodník*, der *hastrman*, Menschen unter die Wasseroberfläche locken, wieder eine *dušička*, eine arme Seele mehr, die in eine dieser glasierten Zuckerdosen gesperrt wird.

Im Sommer darauf holt der Wassermann beinahe meinen kleinen Bruder. Ein letztes Mal noch, sagt meine Mutter, will sie in dem kleinen Waldteich in der Nähe von Benešov schwimmen. Sie bittet uns, am Ufer zu bleiben, und betritt das Wasser. Der Wassermann lockt meinen *bratríček*, und meine nixenbleiche Mutter sieht von der Teichmitte aus zu, wie der Kleine in der Dunkelheit versinkt. Ich kann seinen Kopf nur mit Mühe an der Oberfläche halten, etwas scheint ihn nach unten zu ziehen. Irgendwann erreicht Mama das Ufer, zieht uns aus dem Wasser, weint. Dem *vodník* will sie keine Schuld geben. Sie sei abgelenkt gewesen, in Gedanken. Warum, will sie nicht sagen.
Einige Monate später nehmen uns die Kröten vom Innenministerium die Pässe weg, stellen uns Passierscheine aus. Drücken uns Bordkarten in die Hand, Vermerk: Rückfahrt nicht erwünscht. Es schwemmt es uns ins Trockene, andere Länder, andere Sagen. Das Wasser im Strandbad Klos-

terneuburg ist genauso grün und undurchsichtig wie im Schlossteich von Konopiště, aber der Bademeister lacht und sagt, Wassermänner habe es hier nie gegeben, und ich denke an die Worte meiner Mutter, die sagte, das Fürchten sei vorbei. Einem Wassermann begegne ich nur noch einmal, in der Volksschule in Weidling. Angeblich, sagt die Lehrerin, gebe es im Westen Wiens einen, im Wienfluss. Um ihm zu entkommen, müsse man die Spuren der Ochsenwagen überqueren. Von Töpfen oder Kredenzen ist nicht die Rede, und nachdem ich bei einem Ausflug sehe, wie der Wienfluss nur ein braunes Rinnsal ist, das im Betonbett verloren geht, mag ich gar nicht mehr an ihn glauben.

50° 23 11 N, 14° 17 18 O Noah

Babička setzt sich an mein Bettchen, schlägt ihr Sagenbuch auf und liest:
Und Urvater Čech parkte sein Schiff auf halber Höhe des Berges Říp, Archetyp, der er war, und stieg auf den Gipfel. Weit und breit nichts zu sehen, befand er, nur Meer und sonst niemand. Seine Mitreisenden seufzten erleichtert, ihnen ging der gepökelte Fisch schon wahnsinnig auf die Nerven. Seit Wochen waren sie unterwegs auf dem Ozean,

mit drei Schiffen losgesegelt, Urvater Čech auf der Niña, Urvater Rus auf der Pinta, Urvater Lech auf der Santa Maria und so weiter.

Die Urbrüder aber waren kurz nach den Karpaten abgebogen, um woanders zu ankern. Wie gut, sagte *babička*, sonst hieße unser Land Lechská Republika, schlimm genug, dass unser Urvater sich nicht entscheiden konnte, ob er sich jetzt Čech nennt oder Boemus. Dass wir uns den Wortstamm teilen mit dem Stamm der Bayern, wenn unser Bier doch wesentlich besser ist. Aber Hauptsache Land in Sicht, und sei es auch noch so feucht.

Natürlich war der Ozean bewohnt, las sie weiter, von hier bis Baile Átha Cliath, mit Nixen aus einer anderen Zeit, mit rothaarigen, sommersprossigen Rohlingen, die ihren Wäldern und Dörfern Namen wie Gabréta und Sudéta gaben, die nachts aus dem Wasser stiegen, um sich mit dem neuangekommenen Boemusstamm zu paaren und danach auf dem Trockenen zu bleiben. Die Tschechen und die Alten gründeten Städte und Gasthäuser, *krčmas*, und schenkten Bier aus.

Urvater Čechs Tochter Libuše aber war Hexe, nicht Nixe. Sie konnte in die Zukunft schauen, und was sie sah, gefiel ihr gar nicht. Ich sehe Feuer, sagte sie und stellte sich auf den Berg Vyšehrad, ich sehe Scheiterhaufen am Bodensee brennen, Hussiten, die ihr eigenes Land in Brand setzen, ich sehe Studenten, die sich Fackel Nummer eins nennen, sich vor Tanks in Flammen auflösen. Ich sehe ein Meer aus Schlüsseln, Kerzen auf dem Wenzelsplatz, ich sehe, wie der Dichterpräsident seine Lungen zu Asche raucht, und all das Wasser unseres binnenböhmischen Ozeans kann diese Brände nicht löschen. Ich sehe Familien, die auseinandergespült werden, sehe alte Leute allein auf dem Trockenen sitzen, auf Inselchen im roten Ozean, und selbst wenn die Fluten gewichen sein werden, kehren die Familien nie wieder auf das Festland zurück und die uralten Meerjungfrauen werden einsam sterben.

Dann heiratete Libuše aus lauter Verzweiflung einen Mann. Ende der Geschichte.

48° 12 N, 16° 22 O Heimatliche Gewässer

Ich bin elf oder zwölf, als ich an die Moldau zurückgespült werde, besuchsweise. Nichts hat sich verändert, an jeder Ecke Golems und Geister, überall glaube ich den *vodník* zu sehen. Du erkennst den Wassermann, Kind, sagen meine Märchenbücher, an seinen nassen Rockschößen. Also schaue ich in der Prager Straßenbahn allen Menschen auf die Füße, suche nach nassen Flecken. Der Wassermann geht sicher auch mit der Zeit, denke ich, und fährt Straßenbahn, aber ich

kann ihn nicht finden. Alle sind nass vom Oster-
regen.

Auf dem Weg von Prag nach Benešov werden wir
am Abend von Piraten der staatlichen Sicherheits-
kräfte gekapert, ein Saab mit Wiener Kennzeichen
ist eine leichte Beute. Sie zwingen uns, auf einem
Parkplatz zu ankern, nehmen uns die neuen österreichischen Pässe ab, verschwinden in irgendeinem Gebäude, in ihrer Freibeuterfestung auf
dieser Insel inmitten der Nacht. Meine Mutter
marschiert ihnen nach, so wütend habe ich sie selten gesehen. Die Türen schließen sich, mir fällt die
Stube unter der Wasseroberfläche ein, die irdenen
Töpfchen mit den Seelen der Ertrunkenen. Ich will
weinen, sie werden meine Mutter unter das Wasser ziehen, und dann bleiben meine Geschwister,
meine Großmutter und ich für immer auf dieser
Insel im Nirgendwo. Die Tür geht auf, meine Mutter kommt mit den Pässen zurück, die Grüngekleideten trotten hinter ihr her, können nicht glauben,
dass sie diese Seele verloren haben. Ich versuche
zu erkennen, ob von den Säumen ihrer Uniformen
Wasser tropft, aber es ist zu dunkel.

Als es dunkel wurde, hat er, der einmal mein Vater sein wird, sein Kanu aus dem Wasser gezogen. Hier, haben er und seine Freunde sich gesagt, ist ein guter Lagerplatz für die Nacht. Sie haben ihre Zelte aufgebaut, Feuer gemacht. Jetzt sitzt er im Gras, trinkt Bier, raucht, vor ihm das Dunkel des Waldes, in seinem Rücken rauscht die Sázava. Er fühlt sich müde vom Kampf mit dem Ruder und dem Wasser, müde und gut. Das Böhmen, das er mag, ist das Wasser unter seinem Boot. Und in der Flasche in seiner Hand, Slavia Pivovar Braník, von der moldaunahen Prager Brauerei, die seinen Wassersportclub unterstützt.

Es ist Mitte der Fünfzigerjahre, er ist Anfang zwanzig, lebt erst seit ein paar Jahren wieder in Prag. Geboren wurde er in Köln, den Großteil seines Lebens hat er in England und Wales verbracht. Ins Land seines Vaters ist er erst vor der Matura gekommen. Schon damals war er ein Feind der Nation, ein Schwein, ein Bourgeois. Seine Wut darüber, dass man ihm vor einigen Tagen zum zweiten und letzten Mal das Studieren verboten hat, hat er sich aus dem Leib gerudert. Jetzt sitzt er da, grillt seine *buřty* über dem Feuer und hört der Nacht zu.

Die Glasharfenstimmchen hört er kaum, nur leise dringen sie durch Flussmurmeln und Feuerflüstern zu ihm durch. Komm zu uns, spiel mit uns, *tatícku hastrmánku,* Papa Wassermann. Er steht auf, geht zum Ufer. Wieder und wieder hört er das Kinderwispern, aber im Flussbett sieht er nur den Fluss, der sich weigert zu schlafen.

Zurück am Feuer fragt er sich, ob die anderen etwas gehört haben, aber in den biermüden Gesichtern der Freunde liegt nichts als Zufriedenheit.

In dieser Nacht träumt er zum ersten Mal von drei Töchtern mit Namen Vltava, Sázava, Otava. Mit Haaren wie Schlingalgen und Augen wie Flüssen, grau und tief wie die seinen. Sieht sie, seine Mädchen, seine Kinder, wie sie unter seinem Kanu schwimmen, am Paddel vorbei, durch sein Abbild auf der Wasseroberfläche hindurch. Komm zu uns, hört er sie sagen, wir wissen, was an Land auf dich wartet. Es wird dir nicht gefallen.

Er wacht auf. Um sich Flussstille, Nacht. Er weiß, dass der Schweiß auf seinem Körper nicht von der Zelthitze kommt. Er braucht lange, um wieder einzuschlafen, und passt am nächsten Tag besonders auf, nicht ins Wasser zu fallen. Er wird Wassertöchter ab nun jedes Mal emporträumen, wenn er zum Straßenbauen und zur Arbeit am Fließband und am Hochofen gezwungen wird, nachdem er alle Netze, die man nach ihm ausgeworfen hat, umschwommen oder zerrissen hat. Die Flüsse wird er weiterhin befahren. Mehr und mehr werden sie zum einzigen Teil Böhmens, mit dem er nicht zu kämpfen hat.

Irgendwann wird er selbst eine Meerjungfrau heiraten, drei Kinder zeugen, zwei Töchter mit Wassernamen und einen Honza, und mit seiner Familie neues Festland finden, auch wenn er sich schon daran gewöhnt hat, der Fisch außerhalb des Wassers zu sein. Die beiden jüngeren Kinder werden ihm ähnlich sein. Werden für ein Auslandssemester bei der tschechischen Handelsmarine anheuern, werden den Ozean befahren, heimkommen mit Nachkommen der Nixen und Hexen, sich auf der Prager Insel ansiedeln, wenn auch nur als Touristen. Die Älteste wird nie wirklich schwimmen lernen. Wird wasserscheu an der Reling stehen. Und Inseln anschauen. Sie nennt sich Panta Rhei, die Flüssige. Alles, sagt sie, will geflutet sein.

49° 47 N, 14° 41 O Kuchlböhmisch

Es war Scham, die mich an den tschechischen Stammtisch gespült hat. Unbehagen über die

Sprache, die ich, obwohl schon Mitte zwanzig, nie richtig gelernt habe. Bestürzung darüber, dass die Háčeks nicht nur auf meiner Tastatur verschwimmen, sondern auch in meinem Hirn. Jetzt sitze ich zwischen pensionierten Lehrern und Slawistikstudentinnen und fische nach Worten zu Themen, die mich nicht interessieren. Ich bin für diese in Wien gestrandeten Matrosen weder im Hier noch im Drüben. Den Akzent finden sie spannend, meine Grammatikfehler lästig bis entzückend, die Pausen, in denen ich nach Wörtern tauche, bestenfalls charmant. Sprichst ja eh ganz gut, murmeln die meisten und sind froh, wenn sie meine Niemandsinsel dann wieder verlassen dürfen.

Vis-à-vis von mir fragen sich zwei andere Nixenkinder, was sie hier eigentlich machen. Dein Wortschatz ist jedenfalls besser als unserer, sagen sie mir später, wie hast du das gemacht, wenn auch eure Insel die Küche war? Sie können auf Tschechisch kaum mehr als über Hausaufgaben und Speisepläne reden. Mein Wortbestand ist zumindest kurios, bunt zusammengefischt. Wenn ich in tschechische Zeitschriften oder Webseiten eintauche, fehlt mir die Hälfte der Modeverben, ich muss sie aus dem Zusammenhang erraten. Dafür fließen Bildbesprechungen und politische Streitgespräche ohne Dämme durch mich durch, wir hatten viel Besuch auf unserer kleinen Insel. Journalistinnen und Schauspieler, Chartisten und Malerinnen brachten als Geschenk Bühnensprache mit und Schatztruhen aus der Kunstgeschichte. *Babička* tröpfelte ihr Südböhmisch dazu, das es heute nicht mehr gibt. Wir haben unsere eigenen Worte erschaffen in dieser Robinsonade – tauchác, schwimmovat, potapieren – und Sätze wie aus Dvořákopern mit Grammatikfehlern versenkt. Ich wundere mich nicht, dass die Durchschnittsmatrosen am Stammtisch mit mir nicht viel anfangen können. Ein eh ganz gut und ein Kopfnicken. Das ist alles, was bleibt, wenn das Wasser sich verzogen hat.

Am Heimweg überquere ich die Wienzeile, der Wienfluss fällt schwarzbraun und regenvoll in Richtung Donaumündung. Auch dieses Mal sehe ich keinen Wassermann im Betonbecken, aber die Schaumkrönchen scheinen aus lauter winzigen Háčeks und Strichen zu bestehen, aus all denen, die ich von meinem Namen geschnitten und weggeworfen habe. Ich könnte hinuntergehen und eine Handvoll aus dem Wasser fischen, sie wie Pflaster über all die amputierten Unterschriften und auf die Formulare mit Löchern in der Haut über das C und R kleben. Ich könnte mir eine Bordkarte daraus basteln. Sie in Porzellantöpfchen sperren und mich an ihrem Leuchten wärmen.

Ich löse mich vom Fluss, weiß jetzt, was ich zu tun habe: die Fähre besteigen, wieder und wieder, Inseln suchen, durch Überreste der alten Sprache tauchen. Ein letztes Mal drehe ich mich um, zur Wienflussbrücke. Der Gehsteig ist überraschend trocken. Nur dort, wo ich gestanden bin, breitet sich eine kleine, nachtschwarze Lache aus.

LEBENSSTRICHE

I got two strong arms, blessings of Babylon,
time to carry on.
Nik Kershaw, The Riddle

Schau dir meine Marshügel an, sagt die Frau mit
den Steinchen aus Gablonzer Glas über ihrer Seele,
oder Venushügel, oder wie nennst du die?
Nein, sage ich, diese Lesart verwende ich nicht.
Ich nehme unsere Götter, die alten, die slawischen.
Perun und Morena und Lada und Svantovít und
die anderen.
Egal, sagt sie, sag mir, ob ich heute noch in die
Nacht hinausgehen soll. Sie zwingt sich zu lachen
und drückt ihre Hände zwischen meine Finger.
Die anderen Frauen bilden einen Kreis um uns.

Also schauen wir einmal, sage ich und streiche mit
der Fingerspitze über die Haut ihrer Handfläche.
Ihr leichtes Zusammenzucken bemerkt keine der
Umstehenden, nur ich spüre es. Sie entschuldigt
sich, wirft mir halb im Spaß vor, dass meine Finger
kalt und feucht seien und ich das Nieseln von
draußen mitgebracht habe. Ob ich denn immer
nur im Regen hierherkomme? Ich ignoriere ihr

flüchtiges Unwohlsein und ihre Frage, sie wird sich beides bald weggetrunken haben, und beuge mein Gesicht über ihre Hände. Ist ihr und den anderen Frauen jemals aufgefallen, dass das Land, in dem sie existieren, einer Handfläche gleicht, mit Hügeln am Rand und einer Senkung in der Mitte?

Sehen Sie, sage ich, Ihre Handinnenseite ist wie eine Landschaft, wenn sich all das Wasser verflüchtigt. An den Rändern die Berge, die eingesunkene Ebene in der Mitte.

Hügel, fragt sie und zieht die Augenbrauen so hoch, dass ich den dunklen Schatten am Anfang der gebleichten Härchen noch besser sehe. Welche Hügel, welche Berge, Mädchen?

Říp und Radhošt und all die anderen, sage ich. Die Schneekoppe, sehen Sie den Hügel direkt unter Ihrem Zeigefinger, und direkt darunter eingesunken die Quelle Ihrer Herzlinie? Der Lebensfluss entspringt im Südosten, wo die Hohe Tatra ansetzt, verläuft bis zum Nordwesten und verliert sich im Erzgebirge.

Aha, sagt sie, und dazwischen?

Jetzt hört sie mir endlich zu, nach all den Nächten, die wir miteinander in diesem Café verbracht haben. Irgendwann kommen sie alle zu mir, sie ist die Letzte, die mir noch fehlt. Dazwischen, sage ich, in der Binnenlandmulde, die kleinen Linien als Flussbetten, manche ausgetrockneter als andere.

Die Dellen und Narben in den Handflächen sind wohl Fischteiche, sagt sie und lacht wieder, originell bist du zumindest.

Über ihren Brüsten glitzern die Steinchen wie Irrlichter über dem Fluss, wie verfluchte, vom Weg abgekommene Mädchen. Mein Blick und meine Finger gleiten über die *krajina*, die Landschaft ihrer Handfläche. Ich sehe Störzeichen, vom Leben in die Hand gedrückt, Brüche, Kreuze, Risse, die Narben der Seele, die sich in die Handflächen einzeichnen. Die Linie, die andere Handleserinnen die *Via Lasciva* nennen, ist besonders ausgefranst. Aus der Sonnenlinie ist eine Mondlinie geworden, aber das behalte ich für mich.

Ihr Flussbett ist gut, sage ich, lang, es wird nicht vor seiner Zeit versickern, sondern am Ende ins Meer münden, in die Bucht zwischen Daumen und Zeigefinger.

Wir wollen doch hoffen, dass du recht hast, du feuchte kleine Hexe, du, sagt sie. Mit ihrem Glucksen schwimmen jetzt Angst und Vorahnungen mit, und mir entgeht nicht, dass alle Frauen ihre Blicke für einen Moment zum leeren Platz an einem der Tische treiben lassen. Dann kommen alle Augen wieder bei mir an, die Hand in meiner wird umgedreht, der Handrücken wölbt sich meinem Blick entgegen.

Und was sind meine Nägel, junge Dame, fragt sie, obwohl sie weiß, dass ich die Nagelformen nicht lesen kann, wenn sie künstlich verfremdet und verstärkt und überglitzert worden sind.

Das, sage ich und streiche über die kleinen Kunststoffkunstwerke, sind die Ufer des bekannten Universums. Und die Acrylblümchen in Wirklichkeit Seerosen, die über die schwarze Ewigkeit gleiten.

Sie mit den Irrlichtbrüsten lacht wieder, und alle anderen im Café Hastrman stimmen ein. Ihre Stimmen sind Wellen, die gegen die Wände prallen, in diesem kleinen Teich zwischen Fabriken und Fluss und Plattenbauten. Die Kellnerin, die vor vielen Jahren die Seiten gewechselt hat, vom Flussufer hinter die Theke, fragt nicht mehr, was sie nachschenken muss. Jede, die es heute in das kleine Café geschafft hat, ist eine mehr, die der Nacht entkommen ist.

Sie fragen nicht mehr, wo ich bin, wenn ich nicht komme, seit ich ihnen einmal mit »flussaufwärts« geantwortet habe. Flussaufwärts, da ist die Hauptstadt, wo für diese Frauen einmal Bäche aus Sekt geflossen sind, als sie noch neu auf den Straßen waren und fast ohne Urteil.

Es wundert mich nicht, dass alle im Hastrman sitzen anstatt durch die Nacht zu streifen. Sie müssen sich gar nicht auf Regen und Kälte ausreden. Nicht nur die Ehemaligen sind heute Nacht hier, mit ihrem Strickzeug und den Knäueln billig schimmernder

Wolle, die sich zu Glitzernetzen wandeln. In den Blicken der Jüngeren schwimmt die Angst mit. Sie fragen sich, ob sie überhaupt so alt werden. Ob sie je die Vergangenheit mit Becherovka und Rum hinunterspülen und Pullover stricken werden, mit Fingern, an denen kein Kunstnagel mehr hält.

Sogar die, die nur zwischendurch hereingeschwommen kommen in Nächten wie diesen, mit den Irrlichtern aus böhmischem Strass über den Brüsten, liegen heute vor Anker, warten und zögern und lauern, haben ihre Masken ganz umsonst aufgelegt. Bestellen sich Tee mit Becherovka, wollen, dass ich mittrinke, aber ich lehne ab. Sie nicken, denn sie verstehen, ich muss noch hinaus in die Nacht, sie werden mich nicht aufhalten. Sie selbst trinken weiter. Zwei, drei Tassen noch, und auch die Jüngeren werden neue Geschichten mit mir teilen. Ich höre zu, ich habe gelernt, jede Seele zu schätzen.
Sie werden erzählen, wie sie in Autos einsteigen, aussteigen, einsteigen, aussteigen, bis sie selber nicht mehr wissen, wo genau sie sich verloren haben.
Dreiundzwanzig Männer waren mein persönlicher Rekord, sagt die mit den flirrenden Gespenstchen über dem Herzen, dreiundzwanzig Männer bedienen an einem einzigen Tag. Aber nicht hier, sagt sie, weiter im Westen. Sie nennt eine Schnellstraße, die ich nie betreten habe, nennt eine Zeit, als Straßen und Grenzen frisch geflutet waren.

Die Alten werden mir von Nächten erzählen, die sie schon hinter sich gelassen haben. Wenn ich komme, lese ich ihnen aus ihren Handflächen, auch wenn sie meine Weissagungen schon Dutzende Male gehört haben. Dafür stecken sie mir Geschichten zu, von Nächten, als ihre Hände noch nicht welk waren, als sich ihre Lebenslinien und Flusslinien noch nicht in ihre Ballen gegraben haben.

Miláčku, sagen die Alten, weil sie das Wort nicht mehr ablegen können, selbst wenn sie wollten, Schätzchen, komm und setz dich zu uns, lies uns die Zukunft, aus Händen und den braunen Rändern der Tassen, halbvoll mit nachtschwachem Filterkaffee.

Wer hat dir gezeigt, so anders zu lesen als die anderen, fragt die Älteste.

Meine Mutter, sage ich, und ihre Schwestern. Die haben mir so einiges beigebracht. Die Älteste sieht mich an, lange, ruhig.

Ich habe eine wie dich gekannt, sagt sie, sie war eine von uns, manchmal. Handlesen konnte sie und Karten legen. Sehr schwanger war sie, bevor sie verschwunden ist, das weiß ich noch, sie hat sich ausgependelt, dass es ein Mädchen wird.

Sie steht auf, geht durch Dunst und Rauch zu mir und nimmt mein Gesicht zwischen unbeklebte Fingerspitzen, die mir flüchtige Täler in Kinn und Wange graben.

Du siehst fast genauso aus wie sie, sagt die Älteste.
Geh, red keinen Unsinn, Vladka! Eine der anderen
Alten unterbricht sie. Das war in den Fünfzigerjahren.
Sie dreht sich zu mir, fast entschuldigend. Manchmal spült uns die Becherovka jegliches Zeitgefühl
davon, sagt sie. Manche von uns tauchen einfach
unter. Wir wissen nie, wer sie geholt hat. War es
die Geheimpolizei, war es der Fluss? Manche tauchen auf, wie Treibholz am Flussufer, manche bleiben verschluckt.

Die Älteste lässt sich nicht ablenken. Du siehst aus
wie eine dieser Verschwundenen, *miláčku*, Schätzchen, sagt sie. Wer war sie? Deine Mutter? Urgroßmutter?
Ich sehe aus wie alle und niemand, sage ich,
darum lese ich aus Hügeln und Linien. Die, deren
Zukunft ich in Händen gehalten habe, vergessen
mein Gesicht nicht.
Machst du aber gut, sagt die Älteste.
Ein paar haben schon nach dir gefragt, als du weg
warst, höre ich eine der Jüngeren sagen.

Handlesen, ha, gibt bessere Wege, um im Gedächtnis zu bleiben, sagt die mit dem glitzerndsten Pullover und lässt wieder ihre Hände in meine fallen.
Mein Daumen gleitet über ihre Täler, ich spüre
unseren Fluss, wie er sich aus der Erde und durch

die Landschaft windet, folge ihm bis Mělník, wo er die Moldau, den kleineren Schwesternfluss in sich aufsaugt, bis zum Punkt, wo wir sind, knapp unterhalb ihres Daumens eine Narbe, wie die nahe Staatsgrenze, und weiter. Meine Mutter sagte, nicht jede überlebt, deren Lebenslinie flusslang ist, aber das werde ich nicht sagen, nicht heute Nacht.

Nütze deine Finger gut, sagt die mit den Irrlichtern auf der Seele, du musst gründlich hingreifen, damit du Hautfetzen unter den Nägeln hast, wenn sie dich finden. Nachfassen, sagt sie, jedes Mal.

Ich nicke. Seitdem sie per Dekret die kleinen Schmutznester auf den Hängen und in den Seitenstraßen ausradiert haben, wo man sich für zweihundert Kronen die Stunde eine Ahnung von Sicherheit kaufen konnte, bleibt nur die Verrichtung in den Autos und zwischen Gestrüppen am Ufer, unweit der Schnellstraße. Es gäbe einige Tiefgaragen im Stadtkern und im Umland. Die Älteren sagen, die Parkwächter dort ließen sich mit ein paar Zungenschlägen an Zuneigung die Augen verschließen. Aber selbst die wenigen Kronen an Parkgeld sind den meisten Männern zu viel. Den nachtverlassenen Spielplatz meidet man, das ist Gesetz, das haben alle Frauen hier beschlossen, um sich dort untertags mit den anderen Müttern blicken lassen zu können. Bei den Büschen neben

dem Treppelweg sieht man manchmal die Milchstraße zwischen den Ufer- und den Schiffslichtern,
schwach und verwackelt.

Sie haben sie an den Händen erkannt, sagt eine der
Älteren, genauer gesagt an den Nägeln, viel mehr
war ja nicht mehr übrig. Ihre Stimme bricht, und die
anderen nicken und warten, bis sie weiterspricht.
Die kleine Vietnamesin, die uns die Nägel macht,
braucht seitdem jede Nacht etwas zum Einschla-
fen. Sie wird den Brandgeruch nicht mehr los, will
lieber verhungern als je wieder eine von uns als
Kundin zu haben, nie wieder auf behördliche Ein-
ladung hin tote Hände begutachten müssen, die
unter einem weißen Tuch hervorgeholt werden.

Ich lege meine Hand auf die der Sprechenden,
mehr kann ich nicht tun. Ich habe diese Hände gesehen, von denen sie spricht. Zwei Tage vor ihrem
Verschwinden war ich im Café, habe mir die frisch
verlängerten Fingerspitzen zeigen lassen, habe mir
erzählen lassen, wie sie mit Kunstgel übertupft, wie
filigrane Spiralen aus Strass und Glitter gemalt werden. Meine Warnung, dass sie nicht in die Nacht
hinausgehen sollte, hat sie in Wind und Wetter geschlagen, wie alle anderen in dieser Nacht.

Glaubst du, dass er Brandopfer darbringt, fragt die
mit den Strasssteinbrüsten.

Man habe es brennen sehen, auf dem Felsvorsprung bis weit über die andere Seite des Flusses. Und wieder fallen alle Augen auf den leeren Platz.

Wem sollen Brandopfer gebracht werden, frage ich.

Sie zuckt mit den Schultern, die Steinchen tanzen.

Wohl irgendwelchen alten Göttern.

Nein, sage ich. Diese Feuer sind neu.

Ich stehe auf, drehe mich zur Tür.

Wo gehst du hin, fragt die Frau mit den Irrlichtbrüsten.

Zum Fluss, sage ich, und dass ich ein wenig Abkühlung brauche, nach all dem Reden von Feuern und Brandopfern.

Du solltest nicht hinausgehen heute, sagt eine der Älteren, nicht bei diesem Regen.

Doch, sage ich, gerade im Regen. Der wird mich beschützen. Wasser ist stärker als Feuer.

Was machst du, wenn derjenige kommt, der …, sagt die Älteste.

Untertauchen, sage ich und verlasse das Hastrman. Lasse mich von Regen und Kälte verschlucken, ihre Blicke folgen mir durch angelaufene Fensterscheiben. Sie müssen kein Mitgefühl an mich verschwenden. Ich stelle mich nur ans Ufer, wenn ich muss.

Zum Fluss geht man nicht weit. Er liegt zwischen den Plattenbauten wie ein schwarzes, mit Lichtspiegelungen betupftes Band, wie die Andeutung einer fernen Milchstraße. Ich rutsche über löchrige Asphaltwege auf das Wasser zu, in felshohen Stiefeln, die ich nur manchmal anziehe, in denen zu gehen ich wenig Übung habe. Aus dem Regen ist ein Nieseln geworden, das Aufklatschen der kleinen Tropfen auf dunklen Pfützen fast ein Liebkosen. Der Betonklotz, auf den ich mich setze, diente einmal zum Festmachen der Schiffe. Er hinterlässt seine Nässe in meinem Kleid, die Tropfen des Nieselregens setzen sich wie Gablonzer Steinchen in meine Locken, fangen das Licht der einen Straßenlaterne ein, lenken es auf mein Gesicht. Ich weiß, ich werde nicht lange warten müssen.

Er kommt in einem Geländewagen, zu groß, zu protzig für die Hügel, die den Fluss umgreifen. Seine Handschuhe sehe ich als Erstes, als das Autofenster fast geräuschlos in der Tür versinkt. Fünf Finger am Lenkrad, hell und ledrig, die anderen fünf berühren den Rand des Fensterrahmens. Dampfwölkchen schwappen aus dem Auto, vermischen sich mit dem Nebel, der vom Fluss heranschleicht. Sein Gesicht kann ich nicht erkennen. Wen haben wir denn da, fragt er. Am Fluss, in der Nacht, kleine Nixe, und so ganz allein? Steig ein, Mädchen, und erzähl mir, was du hier machst. Nichts, sage ich, nur die Nacht und den Fluss genießen.

Du bist doch die kleine Nymphe, die Handlesen kann, fragt er, magst du es nicht mal bei mir probieren?

Ich nicke und meine Locken tänzeln durch die Nieselluft.

Und vorher noch eine Handentspannung, sagt er, machst du doch, mögt ihr doch alle am liebsten, so wenig anfassen wie möglich.

Er holt eine große Plastikplane aus dem Handschuhfach. Damit du mir nicht alles volltropfst, sagt er. Ich nicke, steige ein, mir sind in den letzten Tagen schon zwei durch die Finger gerutscht.

Jetzt sehe ich sein Gesicht, aber ich erkenne es nicht. Keine Autos kommen uns entgegen, als wir stromabwärts fahren. In anderen Nächten sehe ich die Frauen aus dem Café in Kleinwägen und Familienautos sitzen. In dieser Nacht aber bin nur ich auf den Straßen.

Die Fahrt dauert nur wenige Minuten, noch ein bisschen weiter, mit der Strömung mit. Vor uns Nacht und Fluss und der Weg in Richtung Nachbarland, hinter uns die Stadt, in ein zu enges Flusstal gequetscht. Industriebauten ragen wie Felsen empor. Wir schweigen und ich starre auf seine Handschuhe. Kunststoff, in beige, mit Löchern entlang der Finger. Die mit den Irrlichtbrüsten würde ihn einen Rallyefahrer-Möchtegern nennen. Helle Härchen schlängeln sich aus den Lederlöchern, ein Metallknopf schimmert kurz auf.

Die Heizung bläst mir künstliche Hitze entgegen. Alle Kristalltropfen in meinen Haaren lösen sich auf. Lange werde ich es in diesem Fahrzeug nicht aushalten können.

Warum bist du denn allein am Fluss, fragt er, magst du die anderen nicht?

Im Hastrman ist es mir zu stickig, sage ich, an die Luft der Nacht hab ich mich inzwischen gewöhnt.

Der Wagen wird langsamer, er parkt zwischen dem Gebüsch, zieht die Handbremse an und fischt nach fünf Scheinen, die er mir schweigend zwischen die Brüste drückt.

Das passt doch, sagt er.

Er öffnet seine Hose, seine behandschuhten Hände führen meine Finger zu seinem Schoß. Er hat schon einen Schutz übergestreift, bevor er zum Fluss gekommen ist.

Komm ans Ufer, sage ich und versuche, ihn zu küssen.

Er schüttelt den Kopf, weicht meinem Mund aus.

Bist du schon feucht?

Immer, sage ich. Und meine Hände sind weich wie Regenwasser.

Nymphe, sagt er.

Sein Fleisch ist nicht überwältigend groß, die Blutgefäße haben sich nur halbherzig geflutet. Ich greife hin, leere meinen Kopf, fülle meine Finger, lasse den Rand meiner Nägel über die Erhebung an der Unterseite streifen, er zuckt, faucht zwischen zusammengepressten Lippen, aber die Flut bleibt aus, das Gewebe wird nicht fest. Auf, ab, Handflächendruck, Fingerreiben, es muss sich rau und trocken anfühlen mit dem Schutz zwischen seiner Haut und meiner.

Komm zum Fluss, sage ich. Da ist es schöner und feuchter.

Nein, sagt er.

Ich reibe, drücke und warte, bis alles vorbei ist, aber in meinen Händen bewegt sich nichts. Ich knete fester, im oberen Winkel der Windschutzscheibe der Dreiviertelmond, ich möchte nicht wissen, wie lange wir hier schon stehen. Die Hitze im Wagen trocknet meine Kräfte aus.

Soll ich meinen Mund nehmen, frage ich.

Nein, sagt er, ich will deinen Mund nicht, nichts von dir, nur deine Finger. Mach weiter. Du weißt, durch die Büsche und über den schlammigen Boden kannst du mir nicht entkommen, sagt er und lacht.

Ich nicke, weiß, Stiefel, die für Männerblicke geschaffen wurden, eignen sich nicht für eine Flucht. Aber noch darf ich nicht fliehen. Ich beuge mich hinunter, will meine Lippen öffnen, seine Finger reißen meinen Kopf zurück.

Nur deine Hände, sagt er, aber wenn du es nicht schaffst, bringen wir es gleich hinter uns.

Er zieht die Scheine aus meinem Ausschnitt, ich greife nach meiner Tasche, will aussteigen. Behandschuhte Finger greifen neben das Lenkrad, ein Klick und alle Türen sind verschlossen.

Du wolltest doch meine Hände lesen.

Er zieht seine Handschuhe aus, lässt sie zwischen seine Schenkel fallen. Der Mond scheint seine Hände in nasse, graugelbe Klumpen verwandelt zu haben. Er hält sie mir entgegen.

Ich sehe zu wenig, sage ich.

Nütz deine Finger, faucht er, ich will, das du es fühlst. Er quetscht meine Finger zwischen die seinen, drückt meine Daumenspitze über verhornte Hügel, über verschorfte Linien.

Und ich weiß, dass diese Kanäle nicht vom Leben gegraben wurden. Die Rillen, die ich spüre, wurden in die Haut geritzt, von den panischen Fingernägeln derer, die sich die Nacht endgültig geholt hat.

Er zieht seine Handschuhe wieder an.

Du hast gedacht, deine Lebenslinie ist lang, aber hier wird sie enden, gleich wird sie dir durchgeschnitten werden, das hast du nicht gesehen.

Ich spüre seine Hände, wie sie meinen Hals umschließen. Die Hitze bohrt sich in mich, in meinen Kopf, meine Beine, und mein Körper bäumt sich auf wie ein Wildbach, der über Felsen stürzt. Nichts hat mich auf diesen Augenblick vorbereitet. Ist das der Moment, wo mein Körper zu Wasser wird, mein totgeborenes Seelchen als Licht aus meinem kleinen Teich hervorsteigt? Er drückt fester, sein Blick weicht meinem aus, wandert durch das Fenster, bleibt an einem Felsen hängen, sucht einen Platz, wo er meinen Körper anzünden und der Regen sein Brandopfer nicht auslöschen kann. Ich zapple wie ein gefangener Fisch, nur dass ich ihm keine drei Wünsche versprechen kann, wenn er mich freilässt. Mit meiner letzten Kraft versuche ich, seine Hände wegzuziehen. Er schüttelt mich, drückt mich noch tiefer in den Autositz. Die Plastikplane hat sich an meine Kleider geklebt, sie wird alle Spuren mit sich nehmen. Das hat er geplant.

Und dann, im letzten Moment, kurz bevor mich mein Versagen endgültig einholt, sehe ich ein Licht, und noch eins. Irrlichter, die im Gebüsch neben dem Auto tanzen. Vergiss nicht, höre ich sie sagen, Wasser ist stärker als Feuer. Sie kommen näher und jetzt sieht auch er sie. Seine Finger erschlaffen für einen Augenblick. Ich winde mich aus seinem Griff. Die Lichter schweben um das Auto, tanzen, inzwischen sind es fünf oder sechs. Sie erinnern mich daran, wer ich bin. Ich beuge mich zu ihm, küsse ihn. Meine Zunge fließt in seinen Mund, meine kühle Feuchte lässt ihn zusammenzucken. Ich lasse ihn los, löse die Verriegelung. Öffne die Autotür, gleite hinaus, zum Fluss. Die Luft heißt mich willkommen. Am anderen Ufer fährt ein Zug vorbei, eine Kette unregelmäßig angeordneter, verwackelter Leuchtquadrate läuft über das Wasser. Hinter mir seine Schritte und sein Schnaufen. Zwei, drei Meter neben dem Ufer holt er mich ein.

Also gut, kein Feuer, sondern Wasser, sagt er.
Ja, Wasser, sage ich und drehe mich zu ihm, umarme ihn, küsse ihn wieder. Er will mich wegstoßen, aber er kann nicht, zu fest umklammere ich ihn. Meine Zunge schwimmt in seinen Mund, giftig, wasserschlangengleich.
Ich löse eine Hand von seinem Rücken und halte ihm meine Handfläche vor die Augen. Das Mondlicht leuchtet dorthin, wo eine Landschaft sein sollte, aber keine ist. Lies, sage ich.
Deine Hände ... da ist ... das sind keine ...
Das nennen wir leere Hände, sage ich, kein Leben, kein Schicksal.
Dann umfasse ich ihn wieder mit beiden Armen.
Komm zum Fluss, sage ich, singe ich, und jetzt, endlich, gehorcht er. So langsam wie noch nie streift er die Handschuhe ab, lässt sie fallen, sie landen an der Böschung. Der nächste Frühling oder noch dieser wird sie davontragen, vielleicht bis ans Meer. Er legt seine Hand in meine. Langsam folgt er mir zum Fluss. Dann tanzen nur noch die Irrlichter über dem Wasser.

MÜNDUNGEN

Seit sie ein kleines Mädchen war, weiß sie genau, wo Flüsse enden. Hat jedes Meeresufer genau studiert, sich jede Scheidelinie eingeprägt und wiederholt. Ist zuerst die Übergänge zwischen den bunten Flächen und Linien mit ihren Fingernägeln nachgefahren, wieder und wieder, bis ihre Kinderbücher und ihr Schulatlas voll waren mit fein gravierten Rillen. Später hat sie sich digitale Landkarten eingeprägt, bis hinter ihren geschlossenen Augen Pixel flirrten, eingebettet in ausgefranstem Grün und Blau.

Namenlose Meeresabschnitte hat sie in ihre ganz eigenen Quadrate eingeteilt, meist irgendwelche Wasserflächen in den Randgebieten der Geografie, dort, wo die Fantasie und Namensgebung versagen. Kein Nebenmeer war ihr zu fremd, kein Delta zu weit weg. Die blauen Venen, die Landkreise und Landkarten entwässern, waren ihr vertrauter als ihr eigener Kreislauf. Ihr Vokabular hat sich mit Worten gefüllt wie Hydrografie und *estuary* und *tributary* und *moře*, noch nie zuvor laut ausgesprochen, in diesem Eckchen des nördlichen Waldplateaus, im Dörfchen, eingeklemmt zwischen Wald und Staatsgrenze.

Mit der Zeit hat sie sich daran gewöhnt, dass sie niemandem wirklich geheuer war, das bringen kleine Besessenheiten mit sich. Keiner hört gern einer Achtjährigen zu, wenn sie Gewässer herunterbetet wie andere Kinder die Stammbäume ihrer Comichelden: *Unsere-Strobnitz-mündet-in-die-Malše-die-mündet-dann-in-die-Vltava-und-die-mündet-in-die-Labe-und-die-mündet-hinter-Hamburg-in-die-Nordsee.*

Auch fremde Menschen und Flüsse blieben von ihr nicht verschont. Wo sie auch hingekommen ist, sie musste die Gewässer um sich herum benennen.

»Was ist das für ein Bach? Wohin fließt er?«
Geantwortet hat man ihr immer gerne. »Der Glaserbach? Der mündet in die Lammer«, und schon ist ein frischer Schwall aus ihr hervorgebrochen: *Die-Lammer-mündet-in-die-Salzach-und-die-mündet-in-den-Inn-und-der-mündet-in-die-Donau-bei-Passau-und-die-mündet-als-großes-Delta-im-Schwarzen-Meer.*

Sie hat schon damals genau gewusst, wie weit jedes Meer von ihrem Zuhause entfernt ist, nicht die Luftlinienentfernung, sondern die Flusskilometer. Sie hat sich der Nordsee näher gefühlt als dem Schwarzmeer, zu dem so gut wie alle nordösterreichischen Flüsse strömen. Ihr Mutterhaus aber lag als einer der wenigen heimischen Flecken auf der falschen Seite der Wasserscheide, und der Bach, der seine Quelle unweit des Hauses hat, ist nach Nordwesten abgezogen, nicht nach Südosten, hat das Waldland in zwei Staaten getrennt, ist unter Stacheldraht durchgeflossen und im unbetretbaren Minengürtel verschwunden, eine fließende Grenze zwischen ihrem Wald und dem Niemandsland.

Sie weiß nicht mehr, wer damals ihre Besessenheit geweckt hat. Wer ihr das große Geheimnis verraten, ihr erzählt hat, dass Bäche und Flüsse nicht in sich und für sich selbst existieren. Bis zu diesem Moment, vier war sie oder fünf, hat sie Flusssysteme für etwas Ähnliches gehalten wie ihren Blutkreislauf, ein in sich selbst verzweigtes, verwebtes System, dass sich ausweitet und wieder zusammenzieht, dessen Bild sie in einem medizinischen Atlas ihrer Krankenschwestermutter gesehen hatte. Die Bäche wie die Kapillaren unter ihrer Haut, die Landkarte wie ein Körper, und tief in der Brust, im Erdinneren schlägt das Herz, das die Flussbewegungen antreibt.

Von den Meeren hatte sie damals zumindest gehört, auch wenn das größte Gewässer, das sie bis dahin gesehen hatte, ein Badeteich ein paar Dörfer weiter war. Irgendwo, am Rand anderer Länder, lag Wasser, sehr viel Wasser, so viel wusste sie, aber für sie war dieses Wasser hermetisch abgeschlossen, ein in sich ruhendes, ewiges, sich bewegendes, zuflussloses Reservoir. Dann hat man sie an der Hand genommen und zur Strobnitz geführt, dorthin, wo der Bach aufknospt, sich klein und frisch den Berg hinunterwirft, bevor er zur Trennlinie wird. Also ist sie im Wald gestanden, Handflächen blau, aber nicht von Adern und Flüssen, sondern von Heidelbeeren, neben ihr wohl die eine oder andere Großmutter oder Tante und vor ihr das bisschen Wasser, das seine Reise gerade erst angetreten hatte, dass sich sammeln und fließen und, so sagte man ihr, sich irgendwann mit einem Meer zusammenschließen würde.

Die Nordsee. Bei ihr im Wald, unter den Nadelbäumen, zwischen moosfeuchten Steinen und den tiefen Traktorspuren auf den Forstwegen, wurde der Bruchteil eines Ozeans geboren. Es braucht nicht viel, hat sie gedacht, um eine endlose Wasserfläche anzulegen. Sie hat die Person gefragt, die ihre Hand hielt, wie genau das Wasser bis zum Meer käme, wenn das Nebenland abgeriegelt war, unbetretbar. Man hat es ihr nicht sagen, den Wasserlauf nicht beschreiben können, nur erzählt, dass eine Urgroßmutter vielleicht fünfzig, sechzig Kilometer flussabwärts geboren sei. Sonst wisse man aber nicht genau, wie die Strobnitz sich an ihr Ziel schlängle.

An diesem Tag hat sie sich das erste Mal über den Atlas gebeugt, hat sich die Flussverläufe vorlesen lassen, um die Namen zu sammeln, aus denen sich ein Meer zusammensetzt. Hat in den nächsten zehn Jahren den Strobnitzverlauf immer wieder studiert und auswendig gelernt und dem Bach alle Namen zugeflüstert, dort, wo das Wasser unter dem Stacheldraht verschwunden ist.

Dann war ihr niederösterreichisches Nordseezuflüsschen eines Tages nach allen Seiten hin frei, und das Meer ist ihr so nah wie nie zuvor erschienen. Sie ist dem Bach ab der Quelle gefolgt, bis zu der Stelle, wo er zur Grenze wird, und dann über die Grenze hinaus, die ersten ein, zwei Kilometer durch den gleichen Wald, in ein anderes Land. Hat zum ersten Mal andere Zuflussbäche gesehen, die sich mit der Strobnitz verflechten und die sie bis jetzt nur als blaue Landkartenstriche gekannt hat. Viel weiter nordseewärts als einige Kilometer ist sie nie gekommen. Die Mutter, von Nachtdiensten ermattet, zu erschöpft für Bacherkundigungen, die Tanten nicht beeindruckt von der neu geöffneten Nachbarschaft.

Sie hat begonnen, Blätter auf die Bachoberfläche zu legen, ist ihnen durchs Unterholz und auf dem Waldweg jenseits der Grenze nachgestolpert, solange es ging. Hat ihnen auf der Reise zum großen Wasser nachgeschaut, gehofft, dass zumindest einige wenige von ihnen ankommen und nicht in Ästen und Gräsern hängen bleiben. Dass zumindest die Blätter das Meer erreichen.

Als andere ausgerissen sind, um der ersten großen Liebe nachzuhetzen oder sich gegen die Vorgenerationen zu wehren, hat sie ihr Rucksäckchen gepackt und ist dem Flusslauf nachgegangen, allein. Immerhin drei Tage lang, immerhin fast bis Budweis ist sie gekommen, bevor die Hunde des Suchtrupps auf sie aufmerksam gemacht haben. Dass sie in der Nachbarsprache nur Worte wie Meer und Flusslauf aufschreiben konnte, hat auf der anderen Seite der Grenze genauso wenig Verständnis hervorgelockt wie auf der ihren. Es hat ihr aber zumindest Brötchen und Tee in der Polizeidienststelle eingebracht, bevor zwei Tanten sie den Beamten wieder abgenommen, dem neuen Englisch der alten Staatsdiener Entschuldigungen entgegen geschleudert und sie wieder nach Hause verfrachtet haben, auf dem Landweg. Dass sie das Meer sehen wollte, egal wie, hat man sogar gelten lassen, und am Ende des nächsten Schuljahrs war dank einer Sammlung im Familienkreis zum ersten Mal genug Geld da für eine Sprachlernreise. Dieses Mal hat man ihre Mutter nicht im Stich gelassen, wenn auch nur, um sich ein weiteres Zusammentreffen mit Südböhmens Gendarmerie zu ersparen.

Ihre erste Begegnung mit dem Meer hat nicht stattgefunden. Zu fest waren ihre Augen verschlossen über dem Ärmelkanal, sie hat sich in ihren Gangsitz gedrückt, auf den sie bestanden hatte, während ihre Mitreisenden teils blasiert, teils in ehrlicher Aufregung ihre Stirn an die Fensterovale gepresst haben und ihre Blicke auf Frachter und Wellenkronen mehrere Kilometer unter ihnen gefallen sind. Sie hat sich den ganzen Sinkflug über in sich verkrochen, fast ein Manifest ihrer eigenen Seltsamkeit.

Die Begegnung hat dann Tage später stattgefunden. Die Gastfamilie hat sie als *delightfully weird* empfunden, europäisch-exzentrisch eben, als sie ihnen den genauen Weg zum Meer diktiert hat: Rea Brook/Severn/Bristol Channel.
Sie hat genau gewusst, welcher Fluss sie zum Meer führen sollte: Severn, einstmals Sabrina. Dass sie mit Absicht nach der keltischen Stromgöttin benannt worden war, hat sie wie immer abgestritten, ihren Namen als das bezeichnet, was er ist, ein glücklicher Zufall, nicht mehr.

Sie hat die Wellen ihrer Namensschwester aus dem Auto heraus verfolgt, und ihr Schweigen ist immer breiter geworden, wie das Flussbett. Die erste Begegnung mit dem Meer dann ganz ohne Delta, das hat sie gewusst, dazu ist der Fluss auch zu klein, weitet sich einfach ohne Verästelungen aus in den Bristol Channel, der mehr ein Fjord ist als irgendetwas anderes. Dann das allererste Mal ihr Blick auf ein Stückchen offene See in der Ferne, einfach nur das Wasser und das Nichts. Ihre Augen haben sich unterwegs am Channel entlang an dieses Stückchen geklebt, das sich mit jedem Meter vergrößert hat, und dann ist sie am Ufer gestanden, am richtigen Meeresufer, wo aus dem Fjord die See wird, hinter ihr das Land, vor ihr das Wasser. Ihren Tränen gegenüber ist man hilflos gewesen, auch weil sie nicht der Trauer entsprungen sind, sondern der Überwältigung des Moments, in dem einem klar wird, was Ankommen bedeutet.

Sie hat das Meer dann mitgenommen, ein kleines Fläschchen mit Wasser und Sand, und der Anblick hat ihr geholfen in den Jahren bis zur nächsten Begegnung. Wann immer sie sich im Waldhäuschen und zwischen ihren Schulbüchern gefühlt hat wie ein auf Festland gespülter Tintenfisch, ist sie zur Strobnitz gegangen, hat der Nordsee ihre Wiedersehenswünsche zugeflüstert. Ist ein paar Kilometer ins Nachbarland hineingelaufen, hat sich und dem Bach versprochen, ihren Weg fortzusetzen, die Strobnitz/Malše/Moldau/Elbe zu erkunden. Ist danach noch tiefer eingetaucht in Atlanten und in Mare-Zeitschriften, auf ihrem Jugendzimmerboden gestapelt wie Leuchttürme.

Ihr Weg zur See hin hat sie zuerst durch Binnenlandhörsäle und Papierfluten geführt, dann durch Labors in Küstennähe und schließlich auf Forschungsschiffe. Dazwischen ist sie bei Gelegenheit losgezogen, um neue Meere kennenzulernen. Der Weg immer ein anderer, mit Autos und Rädern und Booten. Dem Ärmelkanal hat sie sich von London aus genähert, dem Atlantik über die Rhone und der irischen See über walisische Bäche. Die Moldau hat sie dann ab Budweis erkundet, in Teilstrecken, immer wieder ein Stück. Ist bis Prag mit dem Kanu gefahren, dann mit dem Zug flussabwärts bis zur Elbeinmündung, und ab dort, wo die Elbe einigermaßen schiffbar wird, mit Booten in Richtung Mündung, mit Zwischenstopps, wo auch immer der Fluss sie dazu verlockt hat. In Ústí hat sie sich über die ins enge Flusstal gequetschten Plattenbauten gewundert. Sie hat Flussfische bei Mündungen studiert, und Meeresfische, dort, wo Salz- und Süßwasser sich treffen. Kein Meer ohne Quelle. Keine Quelle ohne Meer.

Das Häuschen am Hang ist ihre kleine Insel geblieben. Eine kleine Zwischenstation zwischen den Etappen des Umherziehens, eine sichere Mutterunterbringung, ein Lager für ihre Fundstücke. Wenn es sie nach Monaten wieder ins nördliche Waldplateau verschlägt, geht sie in den Wald hinauf, über die kleine Kuppe, zu der hoch gelegenen Mulde, aus der die Strobnitz entspringt. Jedes Mal legt sie Blätter auf das Wasser und schickt einen Gedanken der Nordsee entgegen. Dann zieht es sie weiter.

Der Anruf der Mutter erreicht sie nicht an der Nordsee, sondern bei der Meeresforschung in der Nähe des Kaps der Guten Hoffnung, so weit weg von Flussanfängen und Nadelwäldern und Forstwegen, wie es nur geht. Die Mutter ist keine Krankenschwester mehr, ist in Würde aus ihrer Berufung herausgealtert, und kündigt an, sie wolle das Häuschen bei der Strobnitzquelle verkaufen. Wolle sich selbst verpflanzen, irgendwohin, wo die Städte größer und die Flüsse breiter sind. Eine Familie habe ihr ein Angebot gemacht, sagt die Mutter, Wanderer aus der Stadt, die es an vielen Wochenenden in die Grenzgegend ziehe.

Die Tochter schweigt. Oft hat sie heimlich Freunde und Kollegen belächelt, deren Kinderzimmer als Museen der Vergangenheit vor sich hin modern, von alternden Müttern pflichtbewusst abgestaubt. Jetzt, wo sie selbst die letzte Verbindung zur Vergangenheit kappen soll, liegt das Lachen weiter entfernt als die kleine Waldbachquelle vom Kap der Guten Hoffnung. Die Mutter hört das Zweifeln in ihrer Stimme, bietet ihr an, das Häuschen abzukaufen. Die Tochter zögert und erbittet sich Bedenkzeit. Sieht den einzigen fixen Punkt auf ihrer Landkarte von einer Überschwemmung weggefressen. Sie verbringt die nächsten Abende auf ihrem Balkon, den Rücken zum Meer, die Augen auf der Landkarte, immer wieder wandern ihre Blicke die Flüsse und Bäche hinauf bis zum Berg, wo das Häuschen steht. Diese Wasserwege scheinen ihr wie unterirdisch, unbezwingbar, aber sie weiß, sie muss sie beschreiten, ein letztes Mal. Eine Pilgerfahrt, ihrer Quelle entgegen.

Als sie in Prag ankommt, nach neunzehn Stunden in diversen Fliegern, ist sie so müde, dass sie sich auf die Hotelmatratze fallen lässt und der Teufelsbach, der vor den Fenstern der Kampa-Insel vorbeifließt, ihr nicht einmal ein Wiegenlied ins sommerlich geöffnete Fenster summen muss.

Budweis erreicht sie per Zug. Alles, was sie dabeihat, ist ein Rucksack. An diesem Abend steht sie lang auf einer Moldaubrücke unweit der Einmündung der Malše und starrt auf die Wellen.

Für einen Augenblick glitzert etwas im Fluss. Rusalkalocken und Rusalkablicke? Sie fragt sich, ob Nymphen nur an einem einzigen Ort im Fluss leben, an einer Biegung, in einer Bucht. Ob sie den Fluss auf und ab schwimmen, die Moldau hinunter bis zur Vereinigung mit der Elbe, und dann weiter durch Deutschland, bis hinter Hamburg, wo sich süßes und salziges Wasser vermischt. Ob sie einander Souvenirs mitbringen, und Muscheln und Seesterne ihren Weg in böhmische Teiche und Flüsse finden? Ihr fällt ein Handschuh ein, den sie vor Jahren am Elbufer bei Dresden gesehen hat, ausgewaschenes Leder, dessen Löcher sich bei einem Hochwasser in einem Busch verfangen hatten.

Von Budweis aus folgt sie der Malše ins Umland, in Richtung Süden. Ihr Rucksack fühlt sich schwerer an als bei ihrer kleinen Flucht kurz nach der Grenzöffnung, dabei übernachtet sie dieses Mal nicht im Wald, sondern in kleinen Pensionen am Flussrand. Die Feldwege und Waldwege tragen sie bis nach Doudleby, dessen Ortskern sich in einer Flussschlinge eingenistet hat. Jenseits der Schleife erhebt sich das Ufer steil, eine Spange aus Felsen, an die sich Nadelbäume klammern. Hier im Ort soll eine Urgroßmutter geboren sein. Sie sucht den Friedhof am Hügel nach Namen ab, die etwas in ihr auslösen sollen, irgendetwas, aber die Grabsteine sind neu, die Namen schweigen, und die Entscheidung scheint kein Stückchen näher.

Drei Kilometer später die Stelle, wo die Strobnitz sich in die Maltsch aufgibt, wo die Flüsse sich vereinigen. Von dort wird die Strobnitz ihr Wegweiser sein. Weit und ruhig fließt der kleine Fluss, Pferdekoppeln und die Gräber toter Hunde grüßen, als sie stromaufwärts wandert. Kurz vor der Mündung ist die Strobnitz mehrere Meter breit, wenn auch kaum tief genug, um bis zu den Knien der Wandernden zu reichen. Bis hierher ist sie damals gekommen, zweieinhalb Tage unterwegs, hat im Wald gezeltet, sich von Keksen und Süßigkeiten ernährt, bis die Polizei sie im Wald aufgegabelt hat. Die Tage danach hat sie wie eine Gefangene nach vereiteltem Ausbruch im Mansardenzimmer verbracht, sich gefühlt wie festgefroren im ewigen Eis.

Dieses Mal verläuft sie sich. Immer wieder muss sie vom Fluss abweichen und verliert sich auf den Landstraßen, nur um danach das Ufer wieder zu suchen. Bis der Fluss ausdünnt, allmählich zu einem Bach wird.
Sie setzt sich hin, starrt auf das schmal werdende Wasser, aber es antwortet ihr nicht, fließt gluckernd und schweigend seinem Meer entgegen.

Der nächste Teil der Strecke, von Nové Hrady nach Horní Stropnice, führt sie ein wenig mehr bergauf, ein Vorgeschmack auf die letzte Etappe. Die Luftlinie zwischen den grenznahen Orten mag kurz sein, vielleicht acht Kilometer, die Wasserlinie – daran erinnert sie sich genau – ist ungleich länger, und dieses Mal wird sie nicht den Berg hinunterstolpern, sondern hinauf. Sie folgt der schmaler und schmaler werdenden Strobnitz ins Theresiental hinein. Unter den Bäumen die Ruine des kleinen blauen Pavillons, wie bei ihrer ersten Wanderung. Damals hat sie sich gefragt, wer dafür gesorgt hat, dass von dem Lusthaus nur noch einige Wände zwischen den Bäumen emporragen. Jetzt liest sie, dass es die Strobnitz selbst war, deren Hochwasserbrunst die Seitenwände dieses kleinen Waldtempels niedergerissen hat.

Den Rest der Tagesstrecke lassen die bröckelnden Hauswände sie nicht mehr los, und in ihrem Kopf schwillt die Strobnitz an, wechselt die Flutrichtung und spült das kleine Waldhäuschen mit ihren Atlanten in Richtung Donau. An diesem Nachmittag trifft sie die Entscheidung, das Haus zu kaufen, kein Fluss mehr zu sein, sondern ein Teich zu werden.

Am letzten Tag muss sie sich fast überwinden, den ersten Schritt zu gehen, sich vom Bach aus dem Dorf hinausführen zu lassen. Die Entschlossenheit scheint wie weggeschwemmt, sie fühlt sich wie ein Auwald nach einem Hochwasser, dessen Flussläufe gerade neu gezeichnet wurden. Ihr Weg führt sie lange über Landstraßen, der Bach liegt meist an ihrer Seite, manchmal führen winzige Brücken zu den Grundstücken auf die andere Seite, fassen ihn ein wie kleine, rostige, leicht bröckelnde Armreifen. Immer wieder läuft sie an verwachsenen Hausruinen vorbei, versucht vergeblich, sich zu erinnern, welche der Gebäude damals noch bewohnt und welche schon leer gestanden sind. Fragt sich bei jedem Hausskelett, ob die Familien ausgestorben oder ausgewandert sind.

Die Grenze naht, die Besiedlung wird noch spärlicher. Die Berge werden höher, sie weiß, ihr steht ein herber Weg bevor, hinauf auf das heimische Hochplateau, zum Häuschen am Hang auf der anderen Seite. Kurz vor Šejby biegt sie ab, in Richtung Wald, Berg, Grenze. Ab hier wird sie niemandem mehr begegnen, wird die nächsten Stunden allein mit dem Bach und dem Wald und ihren Gedanken sein. Sie glaubt zu hören, wie die Sirenen den Samstagmittag ankündigen, in der Ferne, sie weiß nicht, ob das auch ein tschechischer Brauch ist oder ob das weit entfernte Heulen von jenseits der Grenze kommt. Ein vertrautes Geräusch, aber keines, das sie vermisst hat.

Der Weg wird steiler, der Bach kleiner, zersplittert in haarfeine Zuflüsse. Sie erinnert sich an die erste Begegnung mit diesen Bächen, an ihr Staunen, daran, wie sie damals blau gezeichnete Vorstellung und Wirklichkeit verglichen hat. Meter für Meter zwingt sie sich der Quelle entgegen. Hier ist der Wanderpfad noch gut ausgebaut und markiert. In ihrer Erinnerung sieht sie Grenzsoldaten und Schäferhunde zwischen den Bäumen laufen.

Kurz vor dem Übergang nach Österreich liegt ein entwurzelter Nadelbaum im Weg, sie umgeht ihn, vorsichtig, fragt sich, wie gründlich man die Land-minen jenseits der gepflegten Wege weggeräumt hat. Auf einmal sieht sie sich wieder an der Grenze stehen, hört sich, wie sie ihre Mutter fragt, warum man im Wald auf der anderen Seite nie Sonntags-spaziergänger sieht und keine Pilzsucher, hört die Mutter, die versucht, einer Fünfjährigen Grenz-streifen und Todeszone zu erklären. Erst das Toben des Wassers rauscht sie in die Wirklichkeit zurück. Dort, wo der Bach kaum breiter als zwanzig Zenti-meter ist, überquert sie die Grenze, ist das erste Mal seit vielen Monaten wieder in ihrem Geburtsland. Hier ist die Nordsee kaum höher als drei Finger. Mehrmals verliert sie auf dem steilen Hang den Halt, stolpert über sturmgefällte Bäume, Zweige zerkratzen ihre Handfläche, der Rucksack macht das Hochkommen schwerer als erwartet. Der Bach verliert sich unter der Erde, um ein paar Meter höher wieder hochzukommen, bis er irgendwann nicht mehr zurückkommt. Kaum sichtbar, unter den Blättern des vorigen Herbstes, ist die Quelle. Sie stutzt, ihrer Erinnerung nach, müsste der Anfang höher liegen. Dort, wo der Fluss beginnen müsste, wo er früher begonnen hat, findet sie nur ein feuchtes Erdloch. Sie geht noch einmal hinunter, dorthin, wo das Wasser den Berg verlässt und sich in einer Mulde sammelt, um seinen Weg anzutreten. Sie war sich immer sicher, dass ein Meeresbeginn unverrückbar ist, unveränderlich, ein Fixpunkt in einem fließenden Universum. Jetzt weiß sie es besser.

Sie verabschiedet sich von der Strobnitz, ein letztes Mal und ohne Blicke und Worte, während sie zum Haus geht. Die letzten Spuren des Regens begleiten sie, wie Kaskaden, aber jetzt in die andere Richtung, ins Landesinnere, zur Donau. Morgen wird sie anfangen, ihre letzten Sachen zu packen und ein Zwischenlager zu suchen, und in einigen Tagen wird sie losmarschieren, ein paar Bäche entlang, ins Neue. Sie weiß noch nicht, welches Abenteuer sie annehmen wird, ob es sie zu Bergwasser oder Waldwasser oder Küstenwasser drängt. Das bald verkaufte Häuschen wird als Insel in ihren Erinnerungen auftauchen, und sie wird es hinnehmen und weiterziehen an immer neue Orte. Solange sie an einem Fluss ist, ist sie immer am Meer.

ÜBERGÄNGE

Ich habe die Existenz eines Randes immer verneint.
Am Ausdruck in Ihrem Gesichtchen merke ich,
dass Sie sich jetzt denken, was murmelt die Alte da
für kryptischen Blödsinn in die kalte Luft.
Merken Sie es sich trotzdem. Vielleicht verstehen
Sie mich dann besser.

Sind S' sicher, dass Sie draußen sitzen wollen? Drin
in meiner Hütte hört uns auch niemand. Gut, draußen sind auch nur Seehunde und Pinguine, und der
Fischer da auf den Wellen hat in seinem Boot ver-
mutlich keine dieser modernen Abhöranlagen in-
stalliert, jedenfalls keine, die stark genug ist, fünf-
hundert Meter See und Wind zu überwinden. Ich
scherze, ich scherze, schauen Sie nicht so besorgt.
Das ist nur ein alter argentinischer Fischer in seinem Schinakel, mehr nicht.

Sehen Sie die Pinguindame da – also jedenfalls
glaube ich, dass es eine Dame ist. Die nenne ich
Simone, nach Simone de Beauvoir. Die beiden

Lackel neben ihr sind Kant und Sartre, der größte da, der König der Pinguine heißt Žižek. Was hätte der sich wohl amüsiert darüber, wenn er das gewusst hätte – sagen Sie, lebt der überhaupt noch? Egal … Den kleinen Seehund habe ich Gaston genannt, nach Bachelard. Ich finde, Gaston passt irgendwie zu kleinen schwimmenden Tierchen.

Ich friere. Seien S' also vernünftig und kommen Sie rein. Außerdem haben Sie sicher irgendwo ein Aufnahmegerät versteckt, dem Wind und Wellen sicher nicht guttun. Streiten Sie es nicht ab, junge Dame. Ganz ehrlich, mir ist es egal, wer in Wien Ihr kleines Protokoll liest.

Ja, das ist ein Propangasofen. Sie dürfen in der Nähe der Tür sitzen, ich werde nicht absperren … das mach ich ohnehin nie, die Pinguine und Seelöwen haben viel zu viel Angst vor einem feurigen Ende, die kommen nicht rein. Zucken S' mir nicht zusammen, oder bringt man Ihnen nicht einmal mehr bei, was ein Scherz ist, auf Ihren Sicherheitsakademien?

Nein, danke, ich kann den Ofen selber anzünden. Sicher, meine Finger zittern, aber das tun sie seither immer, wenn ich Feuer mache … so, jetzt haben wir es hinter uns gebracht, Sie können ihr blasses kleines Popscherl hier auf den Sessel setzen und wir reden. Der Übergang als solches, also.

Können Sie sich denken, warum ich das Wort Rand nicht mag? Weil ich es ungenau finde. Unzutreffend. Wissen Sie, warum? Nein, natürlich nicht, ein Philosophiestudium nehme ich Ihnen wirklich nicht ab, Parteiakademie höchstens, und außerdem, viel mehr als Wirtschaftsphilosophen werden meines Wissens nach in Wien ohnehin nicht mehr produziert, wenn überhaupt. Unterrichtet man jetzt auch Wirtschaftstheaterwissenschaft und Wirtschaftskomparatistik? Beantworten Sie mir das nicht, das würde mich nur deprimieren. Ach, Sie hören ja nicht zu. Fragen sich stattdessen, ob irgendwelche dieser Flaschen und Behälter in den Regalen Benzin enthalten oder Kerosin, oder sonst einen Brandbeschleuniger, nicht wahr? Und glauben S' nicht, ich seh' nicht, wie Sie auf meine Hände und Finger starren? Sicher tut das noch weh, brauchen S' gar nicht fragen. Besser wird das nicht mehr.

Meine Theorie der Übergänge also, wie ich sie nenne … Was haben Sie eigentlich ausgefressen, dass Sie diesen Weg auf sich nehmen mussten, Sie armes Wesen, Sie? Alles nur wegen einer obskuren alten Frau und ihrer wirren Thesen. Was ist passiert, dass man Sie geschickt hat, nachschauen, was die alte Lefkowitz so treibt in ihrem Exil? Die alten Fackeln sind längst erloschen.

Sie werden es mir eh nicht erzählen. Aber wenigstens haben S' meine Fantasie gefüttert, das ist schon einmal etwas. Also, ziehen Sie den Stuhl näher zu mir, oder meinetwegen auch nicht.

Sind Sie sicher, dass Sie nicht einen Tee wollen? Kuschelig warm ist es hier drin ja auch nicht, das bisschen Holz und Blech ist halt keine Altbauwohnung in der Reichsratstraße, nicht wahr? Man kann sich nicht aussuchen, wo man mal landet, wenn das einzige Ziel ist, möglichst weit wegzukommen. Der Winter kommt hier elend früh, zwischen den Fjorden und Inselchen, wer hätte gedacht, dass es einen auf die Südhalbkugel verschlägt auf seine uralten Tage ... Aber ich schweife ab, Sie verzeihen, nicht wahr, die Übung fehlt einem, wenn man nur mit Bäumen und Wellen und Pinguinen spricht, hier so am Rand ... Mit denen spreche ich Deutsch, was auch sonst. Mein Tschechisch ist so welk, und mein Spanisch reicht kaum aus, um mir Brot und Propangas zu kaufen und den Fischern *buenos días* zu sagen, na, lernen Sie mal mit über 80 und ohne Bücher eine ganz neue Sprache.

Warum mag ich also das Wort Rand nicht? Sehen Sie, ich habe den Großteil meines Lebens gedacht, dass das Wort Rand immer ein Ende – oder, im dümmsten Falle, das Ende an sich – impliziert. Glauben Sie nicht, dass ich nicht sehe, wie Sie sich in Ihre Jacke einkuscheln. Sie bekommen eine Tasse, ob Sie wollen oder nicht. Sind die Frühlinge in Wien wirklich so warm geworden, dass Ihnen hier drin friert? Soll ich den Ofen stärker … nein? Wirklich, Sie hätten eine elende Figur gemacht, in Prag damals. Stundenlang in einem Škoda oder Lada oder Wartburg vor einem Haus warten, Sommer wie Winter … die hatten noch keine Klimaanlagen und Standheizungen, da hat man ganz ehrlich gefroren und geschwitzt. Alles für das Protokoll.

Nun gut … Der Duden, der bietet zur Begriffsfindung das Wort Begrenzung an, einer Fläche, eines Geländes … oder war es eines Gebiets? Oder doch eine Einfassung? Mein Hirn kündigt mir ja nach und nach den Dienst auf, nicht wahr. Es gab Zeiten, da konnte ich diese eine Stelle auswendig herunterrattern. Selbst wenn ich meinen eigenen Duden noch gehabt hätte, wenn Paul ihn nicht verwendet hätte für seine Aktion Flammenritt, seine Götterdämmerung, wie er es genannt hat … Paul war da immer dramatisch, der alte Wagnerianer … Professor Paul, also Pavel Wassermann, der Musikwissenschaftler, so viele waren wir doch gar nicht, haben Sie Ihre Hausaufgaben nicht gemacht? Also, selbst wenn ich meinen Duden noch gehabt hätte, ich hätte ihn natürlich nicht mitschleppen können auf meiner Reise zum … soll ich Sie zum Lachen bringen und sagen, an den Rand des bekannten Universums? Sehen Sie, jetzt schmunzeln Sie, auch wenn Sie es gar nicht dürften. Wer hätte gedacht, dass das Zurücklassen der eigenen Sprache auch wörtlich zu verstehen ist. Aber das klingt jetzt, als würde ich mir leidtun, und den Gefallen tue ich Ihnen nicht, und Ihren Chefitäten schon gar nicht. Moment, der Tee ist fertig, jetzt brauche ich ihn auch. Doch, doch, je älter ich werde, desto schneller friere ich.

Der gute Duden also, mit seinen Erklärungsver-suchen nach Punkten. Mit Definition vier konnte ich am ehesten leben, kennen Sie die?

Ah, wunderbar, danke, ich beneide Sie ja um Ihr Telefon. Da ist er ja, der Duden, naja, senioren-freundlich ist diese neue Applikation nicht, egal … also die Definition … von dem, was ich hier be-komme von den guten Leuten, kann ich mir kein Telefon leisten. Außerdem, was soll ich auch schon lesen, hier unten? Emails? Von wem? Die Tochter spricht nicht mehr mit mir, und, wie gesagt, ich bin die Einzige, die es noch gibt.

Ja, ja, ich mache schon weiter. Das mit der Geduld als Tugend bringt man Ihnen auch nicht mehr bei. Ein Rand, habe ich lange gedacht, ist keine Vorstufe zum Ende. Er ist lediglich ein Übergang, in einen anderen Daseinszustand, in eine andere Dimension. Sie können mir nicht folgen, nicht wahr? Wie denn auch, ohne meine Werke je gelesen zu haben, also meine Polittheorien und andere Ergüsse. Man findet ja nichts mehr, nur die paar Schnipsel und Zitate, die sich halt irgendwo im Netz oder in Ihren Archiven erhalten haben. Ah, die sind unter Verschluss? Ehrlich? Jetzt fühl ich mich beinahe geschmeichelt. Dabei habe ich gedacht, also gehofft, dass die Bücherverbrennungen im einundzwanzigsten Jahrhundert nur mehr symbolischer Natur sein werden, in diesem Zeitalter des Virtuellen, aber nichts da. Ein Symbol ist nur ein Symbol, hat Mina gesagt … Mina Dlouhá, Professorin für Performancekunst, die hat ja alle unsere Werke genommen für ihre große Performance, Scheiterhaufen 2.0 hat sie es genannt. Damals hat sie Hunderttausende Klicks bekommen, bevor die Amis die Plattform endgültig gelöscht haben. Im Netz wird man es sicher noch finden, irgendwo, aber ich habe es mir nie angeschaut.

Sie scheinen abgelenkt … kalkulieren Sie gerade in Ihrem Kopf, wie weit es von der Hütte bis zum Meer ist? Ob Sie sich schnell genug löschen könnten, im Falle, dass? Ich sage Nein, und ich habe Erfahrung. Das mit meinem Mann und den Zivilpolizisten war ein trauriger Irrtum, das hätte nicht passieren sollen. Manche Sachen sollte man eben mit fortgeschrittener Parkinson nicht machen, zittrige Finger und Brandbeschleuniger, also wirklich. Ich habe ja versucht zu löschen, was noch zu löschen ging. Zwei Monate im Spital war ich damals, wie Sie sehen, heilen alte Finger langsam.

So, atmen Sie durch und hören Sie zu. Nehmen wir also das Beispiel, anhand dessen ich meine Theorie überhaupt begründet habe. Das Lefkowitz'sche Übergangstheorem, wie ich es zuerst genannt habe, in meinem jugendlichen Größenwahn. Ich weiß nicht, ob Sie es irgendwo gelesen haben, aber alles hat mit einem Wiener Straßenschild begonnen. Sehen Sie sich ruhig um, so etwas werden Sie hier unten nicht finden, ist ja auch nicht nötig bei den paar Holzhütten und den zwei Straßen, die keine sind, nur bessere Feldwege, wo der Schlamm sich von den Rändern zur Mitte hin ausbreitet im Winter, und umgekehrt im Sommer der Staub.

Ein Straßenschild also. Neunzehnhunderteinundsiebzig war das, zwei Jahre danach – ich weiß nicht, ob sich diese Details irgendwo erhalten haben, in irgendwelchen Vermerken oder Akten – an einem Montagmorgen war's, das weiß ich noch, im Herbst. Ich bin im Bus gesessen, unterwegs zur Wiener Universität, so wie jeden Tag. Damals haben mein Mann und ich uns nur eine Wohnung weit weg vom Zentrum leisten können, und für die sind wir unendlich dankbar gewesen. Wir waren ja nur zwei frisch ausgewanderte, also entflohene Studenten, und so freundlich waren die Leute damals, so hilfsbereit wie danach nie wieder.

Nicht, dass wir von Anfang an hätten wegwollen. Was musste sich mein Freund – also Mann – auch ausgerechnet im Prager Studentenheimzimmer neben Fackel Nummer eins einquartieren und uns beide da reinziehen. Der hat uns alle angesteckt mit seinen Ideen, der Bursche. Ihre Kollegen – ja, ich nenne sie, was sie sind, auch wenn Ihnen das nicht passt – Ihre Kollegen kamen natürlich gleich zu uns, ein paar Stunden nach seiner Tat. Gefunden haben Sie nichts, wir waren nach der Aktion sehr vorsichtig, haben vernichtet und versteckt, was geht. Trotzdem haben sie uns das Leben zur Hölle gemacht.

Meinen Karel und mich haben die innerhalb weniger Monate mürbe gemacht. Unsere Emigration haben wir als Familienbesuch getarnt, sind mit drei Taschen über die österreichische Grenze gekommen, dank sei Gott für die Urstrumpftante in Wien. Die hat uns dann geholfen, eine kleine Wohnung zu finden, und wir konnten in Wien unsere Studien fortsetzen. Ein paar Monate danach habe ich auf dem Weg zu einer Vorlesung die Beobachtung in Sachen Rand gemacht. Der Bus ist an jenem Tag besonders lange hinter einem Lastwagen gestanden. Ich habe mir die Vorstadtszenerie angesehen, hauptsächlich Gemeindebauten damals. Dann ist mein Blick auf ein Straßenschild gefallen. Ich habe über den Philosophennamen hinweggelesen. Welcher Name darauf gestanden ist, kann ich Ihnen wirklich nicht mehr sagen. Der Bus ist irgendwann weitergefahren, ich habe das Schild danach nicht wiedergefunden, und es gibt Augenblicke, da frage ich mich, ob es nur in meinem Kopf existiert hat. Damals ist es mir jedenfalls echt erschienen. Mein Blick hat sich vom dunkelblauen und weißen Zentrum nach außen vorgetastet, wo das vermeintliche Ende des Straßenschilds war, der Rand, und … Gott, ich habe wirklich schon lange kein Straßenschild mehr gesehen, können Sie sich das vorstellen? Nach wem will man die Straßen hier auch benennen, Straße des ersten Pinguins etwa?

Man kann natürlich auch sagen, dass ich im Bus gesessen bin und eine Ablenkung gesucht habe, um nicht über meine Zukunft nachdenken zu müssen. Bin ja damals im Studium festgesteckt. In Prag habe ich Soziologie und kommunistische Ökonomie studiert. Meine Mutter war in der Kurbadverwaltung in Marienbad, da hätte ich einsteigen können, nach der Promotion. Hab mich schon als Direktorin der staatlichen Heilanstalten gesehen, Gastakquise aus dem ganzen Osten, die sanfte Kraft des böhmischen Thermalwassers und so weiter. Nach der Emigration hab ich mein halbes Studium nicht mehr brauchen können, die sozialistischen Fünfjahrespläne waren im Westen ja eher irrelevant. Trotzdem, ich war dankbar, in Wien leben zu können. Jemand, der mit Fackel Nummer eins in Kontakt gekommen ist, hat in der ČSSR froh sein müssen, für den Rest des Lebens in einer Kolchose an der polnischen Grenze Hühnchen zu rupfen.

Wien war ein Neuanfang, obwohl ich mich verloren gefühlt habe, nicht gewusst, wo ich hinwill. Da bin ich also im Bus gesessen, habe meinen Blick über dieses Wiener Straßenschild wandern lassen, Flächen und Ecken analysiert, und in diesem Augenblick ist mir aufgefallen: Dort, wo der Rand des Schildes ist, die Kante, dort ist gar kein Ende. Kein wirkliches, jedenfalls. Dort gebiert sich, Sie verzeihen mir meine Wortwahl, ein neuer Beginn. An das Schild schließt ja nicht das Nichts an, sondern die Luft, Sauerstoffmoleküle und Staubpartikel und was wir in einer Großstadt eben sonst noch in unsere Lungen holen … hier ist es ja weniger der Staub, den wir atmen, als die Meereseinsamkeit … Colonia Endstation, nicht wahr?

Verzeihen S' die Abschweifungen, je länger man mit sich allein ist, umso mehr lässt einen das konzise Denken im Stich, Sie werden später sicher eine Freude haben mit den Protokollen …

Zurück also zum Straßenschild, zum Moment der Erleuchtung, als ich mich zu fragen begonnen habe, ob so etwas wie der Rand an sich wirklich existiert. Wie kann denn etwas ein Ende sein, wenn man sich ihm aus allen Richtungen nähern kann, von der Schildmitte aus oder aus der Luft? Wobei die Luft selbst als fließendes, treibendes Element ja keinen Rand hat, oder doch? Ist ein Rand also ein Anfangen, ein Beginnen, ein Übergang? Solange im Anschluss an einen Rand etwas anderes beginnt, habe ich gedacht, und sei es noch so verschieden, gibt es diesen Rand in Wirklichkeit nicht.

So, noch ein Tee für mich, und Sie trinken auch noch einen mit. Tierra del Fuego? Sie denken sich, wohin hätte die alte Lefkowitz denn sonst hinflüchten sollen als nach Feuerland. Ha, Frostland hätten sie es nennen sollen, oder Wasserrand, was auch immer.

Wissen Sie, was für ein Triumph das für mich gewesen ist? Vor allem nachdem ich entdeckt habe, dass meine Theorie nicht nur ein abstrakt-philosophisches Konzept ist, sondern auf so ziemlich alles andere umlegbar. Die Küste als Rand des Festlands? Einfach nur ein Übergang der Elemente. Der Stadtrand? Kein Ende, sondern der Beginn des Umlands. Das Sterben? Ein Übergang, vielleicht in ein anderes Weiterleben. Damals bin ich tatsächlich moderat religiös gewesen in meinem Optimismus und habe daran geglaubt. Sogar die Mathematik schien mir recht zu geben. Kennen Sie das Beispiel der Ellipse, deren eine Seite über den Rand der Unendlichkeit hinausgeht und auf der anderen Seite als ein Ast der

Hyperbel wiederkommt? Auch da kein Riss, kein Ende, sondern der wohl abstrakteste aller Übergänge.

Nur ein Rand war nur hypothetisch ein Übergang: Das Binnenende mit den Minen und Stacheldrähten. Ein Rand, hinter dem Mitteleuropa weiterging, den man aber trotzdem nicht überqueren konnte. Nicht, wenn man jahrelang keine Staatsbürgerschaft hatte. Nicht, wenn man als Vaterlandsfeind auf der schwarzen Liste stand. Wenn man den Rand damals überquert hat, dann nur in die eine Richtung, ins Hinaus.

Dieser ganz besondere Rand, über den man nur drüber schauen, den man nicht überqueren konnte, war in meinem Kopf immer irgendwie vorhanden. Nennen S' mich ruhig sentimental, aber mein Mann und ich sind immer wieder zur dieser, nun, Übergangsnarbe im Herzen unserer Welt gefahren. Haben vom Hundsheimer Berg aus nach Bratislava hinübergeschaut, oder von den Waldviertler Grenzübergängen nach Böhmen oder Mähren, und ich habe meine Theorie um einen Punkt erweitern können. Die Grenze, die es für uns Menschen gegeben hat, war den Vögeln und den Schmetterlingen egal. Die haben den Todesstreifen einfach ignoriert und sind zwischen Gmünd und České Velenice hin und her geflattert. Auch die Geografie hat sich von Zäunen und Minen nicht irritieren lassen. Die Berge bei Hainburg sind ja der Anfang der Karpaten, die buckeln sich jenseits der Donau nordostwärts, gewinnen an der slowakisch-tschechischen Binnengrenze ein bisschen an Höhe, scheren sich nicht um Trennlinien und in sich zusammenfallende Zäune … aber man kann sich ja nicht gerade aussuchen, ein Berg zu sein, nicht wahr?

Wie dem auch sei … Die wenigen Menschen, denen zu Grenzzeiten die Durchreise mit dem Zug genehmigt wurde – meine Tochter war damals am Anfang der Pubertät, die durfte nach monatelangem Kampf wenigstens meine Mutter in Marienbad besuchen – mussten sich jedenfalls an der Grenze stundenlang von Hunden beknurren und die Koffer durchwühlen lassen. Damals habe ich meine Theorie um einen Punkt erweitert, um den der ganz persönlichen Ränder und Grenzen, die einem aufgezwungen werden.

Dann ist der Novembertag gekommen, an dem der Rand wieder brüchig und durchlässig geworden ist, an dem die Grenzen wieder zu Übergängen geworden sind. Wer hätte gedacht, dass ein Meer aus Schlüsseln und Kerzen den Stacheldraht wegspülen kann?

Mein Mann und ich haben uns ins Auto gesetzt, gleich ein paar Stunden danach. Sind bis Prag durchgefahren, ohne zu wissen, was sein wird. Einfach nur, um mittendrin zu sein, um alles erleben zu dürfen. Das Gebet für Marta vom Wenzelsplatzbalkon zu hören und die »Havel auf die Burg«-Gesänge. Um durch die aufwachenden Straßen zu rennen, um wieder Wein zu trinken im *Grünen Frosch* beim Altstädter Ring und im *Viola* und *Reduta*.

Die ersten Begegnungen mit unseren ehemaligen – ja, ja, sagen Sie es ruhig, Mitverschwörern – sind zufällig passiert in diesen Tagen. Nach dem Erlöschen von Fackel Nummer eins sind die meisten ja aus Prag abgewandert, meist ins Ausland, einige wenige in die Provinz, ins Riesengebirge, in die Karpaten, dorthin, wo Neuerungen und Nachrichten sich nur sehr zögerlich verbreiten. Die wenigen Verbliebenen sind uns in den alten Kneipen begegnet, in der Straßenbahn, und einen haben wir am Wenzelsplatz wieder getroffen, unweit der Stelle, wo.

Wir haben wieder über die Fackel geredet. Darüber, dass er recht hätte behalten sollen, dass das System tatsächlich irgendwann einmal zusammenbrechen würde – auch wenn die Wende um zwanzig Jahre zu spät gekommen ist. Bei den Feiern zu seinen Ehren einige Zeit später waren wir dann nahezu vollzählig. Haben uns aber im Hintergrund gehalten, nicht nur, weil wir nicht auffallen wollten. Ich gebe zu, wir haben uns geschämt. Dafür, dass wir nicht bereit waren, im Namen der Freiheit diese eine Grenze zu überschreiten, auch wenn sie nur in unseren Köpfen war. Fackel Nummer eins war damals mutiger als wir. Glauben Sie mir, wir haben alle die Courage verloren, als wir die Bilder seiner Tat, seiner Brandwunden in Fernsehen und Zeitungen gesehen haben. Haben unsere eigene Haut sich in Flammen auflösen sehen. Haben den Ruß in unseren Lungen gespürt und die Mischung aus brennendem Fleisch und Benzindämpfen in unseren Nasen.

Ich muss sagen, in den Jahren nach der Revolution war ich so optimistisch wie nie zuvor und auch nie wieder. Die Mauern haben sich als die Illusion herausgestellt, die sie waren, und ich habe meine Thesen von Rändern und Übergängen noch stärker in meine Arbeit eingebaut. Noch nie ist mir meine Theorie so passend, so übertragbar erschienen für das politische Spektrum. Man hat zwar vom rechten Rand gesprochen und vom linken, aber auch nur, weil man diese Begriffe mit einem Parlamentshalbkreis verbunden hat, diesem Amphitheater der Eitelkeiten. Verdrehen Sie nicht die Augen, ich nenne die Dinge beim Namen, das müssen Sie inzwischen mitbekommen haben.

Sie müssen das so sehen: Das politische Spektrum ist kein Halbrund. Es ist vielmehr ein Kreis, wo beide Extreme einander wieder berühren, wo aus ihnen eins wird.

Auch da hat sich gezeigt, dass ein Rand nichts Endgültiges sein muss, dass er sich verändern, verschieben kann. Die Extreme wandern immer weiter in die Mitte, während die Gemäßigten sich irgendwann am Rand wiederfinden. Wobei, wiederfinden … man wird eher dorthin gerückt, über die Jahre, stückchenweise, so langsam, dass man es selbst kaum bemerkt hat. Es gibt einen Begriff dafür, einen englischen, die Theorie mit dem Hummer, der ganz langsam gekocht wird … auch wenn Sie mich schlagen, ich komme nicht drauf. Ältere Leute beim Verhör zu schlagen, hilft ihrem Gedächtnis auch nicht auf die Sprünge, bei meinem Mann hat es jedenfalls nichts gebracht. Nein, nein, ich weiß natürlich, dass Sie in friedlicher Absicht gekommen sind. Ich will es nur gesagt haben.

Ich aber habe die Änderung der Standpunkte jedenfalls deutlich mitverfolgen können. Habe mich an den Rand gerückt gesehen. Habe die Verwirrung und die Resignation erlebt, die aus den unerfüllten Hoffnungen gesprossen ist und in den Zehnerjahren dann zu wuchern begonnen hat. Rund um die Zeit Ihrer Geburt sind Europas alte Geister auferstanden. Da war sie wieder, die Art von Sprache, vor der ich aus Prag geflohen bin, fünfunddreißig, vierzig Jahre zuvor. Die Sprache, die Fackeln durch die Straßen hat laufen lassen. Vor deren Folgen sich meine Eltern jahrelang verstecken mussten.

Die Phrasen wieder so leer und so voller Hemmungslosigkeit. Für Sie ist diese Diktion ja normal, welcher Jahrgang sind Sie, zweitausendsieben, zweitausendacht? Nationaler Neoliberalismus halt, aber für uns, die noch Hoffnung hatten nach den Umwälzungen … Ja, ja, ich war eine idealistische alte Idiotin, sagen Sie es ruhig.

Haben Sie schon einmal darüber nachgedacht, wann die Verzweiflung größer ist? Ist es fataler, wenn man die Hoffnung nie erlebt hat, oder wenn man sie genossen hat, die kurzen Momente der Freiheit, und sie einem dann wieder entrissen werden? Ich bin ein Kind der Fünfzigerjahre, als man Regimefeinde und die, die man dafür gehalten hat, mehr oder minder öffentlich aufgehängt hat. Sicher, das macht man heute nicht mehr, das wäre ja unpopulär. Die Leute verschwinden einfach, sind ja noch genug Foltergefängnisse übriggeblieben von der CIA, die man mieten kann. Widersprechen Sie mir nicht, ich bin mir ziemlich sicher, dass die Turečeks da hingekommen sind, beide, direkt nach ihrer verunglückten Aktion vor der saudischen Botschaft. Ihre Kinder haben nie wieder etwas von ihnen gehört, und der Rest von uns auch nicht.

Wir sind im Staatsterror aufgewachsen, aber wir haben noch eine Ära der Hoffnung miterlebt. Weniger als einen Sommer, ein paar Monate des freien

Atmens, bevor die Panzer den Prager Asphalt auf-
gebrochen und alle Hoffnungen zerquetscht haben.
Bevor man den Rückschritt, Rückentwicklung als
normalizace, als Normalisierung, bezeichnet hat, oh,
die Ironie, Kindchen, die Ironie.

Jetzt zucken S' nicht zusammen, da ist niemand an
der Tür, nur ein paar Pinguine, die klopfen mit den
Schnäbeln an, die lieben Viecherln. Sehen Sie, die
haben sich angewöhnt, zu mir zu kommen und sich
aufzuwärmen. Sie wissen, dass ich immer ein paar
Fischresterln habe … Kommt rein, ihr Lieben, da,
hereingewatschelt, wenn Sie vorsichtig sind, können Sie einen streicheln. Na, da hast du ein Stückerl
Fisch, du kleiner Lauser, du.

Wo war ich? Ah ja, die Zehnerjahre, die frühen
Zwanzigerjahre und die wachsende Radikalisierung
der Gesellschaft, der Sprache … Wissen Sie, wie
es ist, den ganzen Unsinn noch einmal miterleben
zu müssen? Überall ausgehöhlte Menschenrechte,
aufgehetzte Wohlstandsverlierer. Die politischen
Rechten wie die religiösen Rechten haben an Macht
gewonnen, die Linken haben sich radikalisiert. Irgendwann hat man dann keine Mitte mehr gehabt,
von der aus man sich den Ecken nähern hat können. Ich habe gespürt, wie die Menschen nur noch
aus dünnen, zerrissenen Rändern bestehen, um ein
Loch herum, und irgendwann habe ich erkannt,

dass es eine zweite Art von Rand gibt: der, der kein Übergang ist, sondern tatsächlich ein Ende beinhaltet. Einen Punkt, ab dem es nicht mehr weitergeht. Man kann vielleicht noch etwas mehr zum Rand rücken, ein bisserl, wenn Sie wollen, aber irgendwann kommt das Ende dann doch. Vielleicht ist es eine Mauer, virtuell oder auch nicht. Vielleicht ein Meeressaum am anderen Ende der Welt.

Vielleicht ist es das Nichts.

Das eine Nichts ist das Abstrakte, die Abwesenheit von Raum und Zeit und Materie, das, was sich unserer limitierten Vorstellung für immer entzieht. Und dann gibt es das kleine, das alltägliche Nichts. Zum Beispiel das, was nach dem Moment kommt, in dem man sein Büro an der Universität zum letzten Mal verlässt, mit den wenigen Habseligkeiten im Billasackerl, ein bisschen wie ein Marcel Prawy der Vertriebenen, wenn der ihnen noch etwas sagt. Nein? Ach was …

Dieses Nichts jedenfalls ist die Abwesenheit von Antworten auf Hunderte Anfragen und Bewerbungsbriefe. Ist die Schmiererei an der Wohnungstür. Ist die hundertste leere Stunde des Wartens in den Vorzimmern der Verhörräume. Ist das Schweigen der Nachbarin hinter verschlossenen Türen. Ist das Besteigen eines Zuges, eines Schiffs. Das Zurücklassen des Selbst, aller Theorien.

Ist das nicht enden wollende Starren auf das kalte Meer, das vor diesen Fenstern tobt.

Die Existenz des Nichts, darüber hätte ich nachdenken sollen, wissen Sie, und nicht Jahre an Übergänge verschwenden, die keine sind. Nehmen Sie das ruhig auf, vielleicht kann es ja irgendwer gebrauchen, vielleicht sind meine einsamen Überlegungen sogar das bisschen Papier wert, auf das ich sie gekritzelt habe. Mein Gott, wissen Sie, was Schreibsachen hier kosten, wenn man alles den ganzen Weg vom Landesinneren hierher transportieren muss? Ich bettle mir Bleistiftreste von den Fischerkindern ab. Kritzle auf Zeitungsränder, die sich in der feuchten Luft hier auflösen, kaum dass man sie beschrieben hat. Ja, fotografieren Sie alles ab, ich schaue auch gerne weg, dann ist vielleicht nicht alles verloren und Sie haben ein paar hübsche Fotos für Ihre Akten.

Wir haben uns im Netz wiedergefunden, Ende der Zehnerjahre, die alte Truppe, die Fackeln, die ihre Nummern noch wussten. In Prag war ich Fackel Nummer achtzehn, mein Karel die Neunzehn. So etwas merkt man sich.

Wochen- und monatelang haben wir uns ausgetauscht über das Wie und das Wo. Honza, also Jan Weyer hat sich selbst zum Zündfunken erkoren.

Hat er symbolisch genannt, wenn die Serie mit einem Jan wieder aufflammt. Wobei er Krebs hatte, im Endstadium, Metastasen überall, ein paar Tage später und er wäre im Hospiz verendet. Das war in Davos, beim Wirtschaftsgipfel, die Schlagzeilen damals weltweit: *Mathematiker in Flammen*. Die Öffentlichkeit hat es noch für einen tragischen Unfall gehalten, und die Behörden haben alles getan, um es so aussehen zu lassen.

Bei Hanka hat die Polizei es als Selbstmord einer depressiven Seniorin dargestellt, kein Zusammenhang mit dem Fall in der Schweiz. Bedřich Leopold Dvořák hat sich mit drei Kanistern auf den Wiener Heldenplatz gestellt. Carrie Bright – ehemalige Karolína Světlá, meine Zimmergenossin aus dem Větrník-Studentenheim, die in den USA gelandet ist – hat ihre Fackel auf der Washington Mall angezündet.

Ich habe mir diese Videos nicht anschauen wollen. Ich wollte nicht sehen, wie meine Freunde in Flammen aufgehen. Aber es ließ sich nicht vermeiden. Man wird ja überall mit den Bildern konfrontiert, man kann gar nicht wegschauen, in der U-Bahn, in den Lokalen. Ein falscher Blick und man sieht die Kanister und die Flammen, und manchmal hört man auch die Todesschreie, die der Brennenden, der Umstehenden, der, wie im Falle meines Mannes, irrtümlich Mitangezündeten.

Nach jedem Bild, das ich mir angesehen, nach jedem Schrei, den ich mir anhören musste, habe ich mir vorgestellt, wie meine eigene Haut vom Feuer aufgefressen, in schwarze Fetzen verwandelt wird, habe ich mich gefragt, wie ich den Schmerz aushalten soll. Manche von uns haben starke Schmerzmittel genommen, ich glaube aber nicht, dass es geholfen hat.

Seien Sie so lieb und setzen Sie noch ein Teewasser auf, ja? Zündhölzer sind gleich hier … Danke schön … so gezittert haben meine Finger nicht mehr seit dem Tag, als ich an der Reihe gewesen wäre.

An die Stunden und Tage danach kann ich mich kaum erinnern. An das Benzin, das die Polizei an Ort und Stelle mit Feuerwehrschläuchen von meinem Körper entfernt hat. An die blauen Flecken, die der Wasserdruck unter meine Haut geprügelt hat. An die Nervenheilanstalt, aus der ich abgehauen bin, mitten in der Nacht. An Monate auf Containerschiffen, immer mit der Angst, das Ersparte könnte nicht bis Thule reichen. Sehen Sie sich um. Sieht das hier nach dem Luxusexil einer bezahlten Terroristin aus? Ich war die Letzte, glauben Sie mir. Wenn es eine aktuelle Serie gibt, wie Sie sagen, habe ich nichts damit zu tun.

Danke für den Tee. Ich glaube, meine Fingerspitzen werden seit diesem Tag am Wenzelsplatz nur mehr warm, wenn ich sie lange genug an die Teetasse drücke.

Dieses Mal stand ich ganz hinten auf der Liste. War die Allerletzte, auch weil ich noch einige Bücher fertig schreiben wollte. Fackel Nummer siebenundzwanzig war ich beim zweiten Mal, mehr von uns gab es nicht. Die Nacht davor habe ich in einem dieser Nobelhotels in Wenzelsplatznähe übernachtet. Es war ja alles vorbereitet, die Wohnung verkauft, der Haushalt aufgelöst. Ich bin bei den Vorarbeiten sehr gründlich gewesen, der Tochter habe ich erzählt, ein kurzer Pragurlaub noch und dann ziehe ich ins Seniorenheim.

Ich habe alles recherchiert, im dunklen Netz, was man da lernt auf seine alten Tage. Ich habe gewusst, woher ich das Benzin bekomme, wo die genaue Stelle war, an der Fackel Nummer eins sich damals in Brand gesteckt hat, das Denkmal hat Präsident Zeman ja wegmachen lassen, als letzte Tat vor seiner Absetzung. Was für ein Abschluss wäre es gewesen für unsere Brandopferserie.

16. Jänner also, der sechzigste Jahrestag. Ich wollte natürlich gleich sterben, nicht noch Tage oder Wochen im Spital vor mich hin vegetieren. Die Wochen

und Monate auf der Wiener Brandopferabteilung nach dem Zwischenfall mit meinem Mann haben mir gereicht, glauben Sie mir. Also zuerst den Kopf übergießen, so gut es geht mit arthritischen Armen und zitternden Fingern. Schauen, dass die Haare ganz nass sind, hoffen, dass es einem schnell das Gehirn durchschmort, sich einstellen auf platzende Augäpfel … wissen, dass alles gefilmt wird, ins Netz kommt.

Das Benzin habe ich in Colaflaschen umgeleert, der Unauffälligkeit halber. Der ganze Platz war abgeriegelt, überall Polizisten, die Alten haben sie stärker kontrolliert als die Jungen. Ich habe mir ein paar Blumen besorgt, als Alibi, war ganz die nette alte Dame, die halt am Wenzelsplatz ein Sträußchen hinlegen will in stillem Gedenken.

Die Molotowcocktailwerfer ein paar Meter neben der Absperrung waren ein Glücksfall. Alle Polizisten und Feuerwehrleute haben sich auf sie gestürzt, und ich bin durch die Absperrung geschlüpft. Bin auf den Platz gelaufen, so gut ich konnte, mit zwei schweren Flaschen im Gepäck und mit einundachtzig Jahren und mit Schmerzmitteln und Beruhigungsmitteln vollgepumpt. Bevor mich jemand aufhalten konnte, hatte ich mich bereits übergossen. Die benzinnassen Haare sind auf meinem Gesicht geklebt, meine Augen habe ich kaum offen halten können. Dann habe ich das Feuerzeug aus der Manteltasche genommen. Das Kreischen der Umstehenden gehört. Habe gesehen, wie die Polizisten auf mich zu galoppieren. Das wäre meine Chance gewesen, diese ein, zwei Sekunden … ich hätte mich drüber trauen sollen, können, müssen, hätte diesen letzten Übergang wagen müssen, über diesen einen Rand springen, ihn sprengen müssen … Vielleicht auch noch, als die beiden Polizisten schon vor mir gestanden sind, mit Sicherheitsabstand, das Entsetzen in ihren Gesichtern … *Babičko, Omachen, tun Sie es nicht. Prosíme vás.* Bitte.

Ich weiß nicht, ob es dieses »Bitte« war, das mich aufgehalten hat, oder das Nichts … damit hatte ich mich noch in der Nacht davor beschäftigt, meine letzten Notizen. Habe es als mein Vermächtnis gesehen, die Definition des Nichts, seiner verschiedenen Formen.

Das Nichts ist das, was kommt, wenn man das Feuerzeug hebt, egal, ob man den Knopf drückt und dem Feuerstein ein Klicken, einen Funken entlockt oder nicht. Das Nichts lauert hinter der eigenen Feigheit, hinter dem Wissen, dass man es nicht geschafft hat.

Das Nichts, das ist das Schweigen der Pinguine, das langsame Vergessen des Wörterbuchs. Und wissen

Sie, was die bitterste aller Erkenntnisse ist? Dass ein Rand manchmal beides sein kann, Übergang und Ende. Dass seine Daseinsform an Bedingungen geknüpft ist, die sich ändern können, Schrödingers Kante sozusagen.

Sehen Sie das Meeresufer vor dem Fenster? Rein theoretisch gehen Sand und Felsen in Wasser und Luft über. Aber für mich ist dieser Rand kein Übergang, sondern ein Endpunkt. Theoretisch könnte man ein Boot besteigen und wegfahren, Tausende Kilometer in jegliche Richtung. Egal, wohin man fährt, man kommt irgendwo an, bei den Pinguinen, auf einer Insel oder auf einem anderen Kontinent. Aber das Boot muss existieren, und der Wille, und die Kraft, und ein Ziel. Der Übergang ist an Bedingungen geknüpft, die ich nicht mehr erfüllen werde.

Also sitze ich hier, an der Peripherie meiner Existenz. Warte dem Ende entgegen und kann nicht sagen, ob das, was kommt, ein Übergang ist. Oder doch nur ein Rand.

AM TIEFEN HIMMEL

Měsíčku na nebi hlubokém,
světlo tvé daleko vidí.
Du Mond am tiefen Himmel,
dein Licht sieht alles,
weit und breit.
aus Rusalka,
von Antonín Dvořák / Jaroslav Kvapil

Sommer 2002

Mutter Mokoše hat uns neue Schwestern versprochen. Das Wasser soll die Schwestern gebären, hat sie gesagt, wie in alten, in besseren Zeiten. Die Menschen sollen die Wasser wieder fürchten und uns, die wir in den Wassern atmen, die sie bewohnen, sie beschützen. Uns, die wir unsere nackte Nässe im Mondlicht baden und unsere kühlen Schöße hinter Algenröcken verbergen. Uns, deren

Haare länger sind als der Seufzer eines Ertrinkenden und deren Unterleib mal dem eines Fisches gleicht, mal dem eines Mädchens, je nachdem, ob wir gerade im Wasser jagen oder am Land.

Mutter Mokoše hat ihre Augen und Wolken und Schleusen geöffnet. Das Wasser steigt. Die Teiche und Flüsse treten über die Ufer. Wir, die alten Schwestern, die wenigen die noch verblieben sind, die wenigen, die sich noch nicht in Irrlichter verwandelt haben, wir lassen uns mit dem neuen Wasser über Land treiben, das jetzt uns gehört, für einige Stunden, Tage. Mit unseren Brüdern, den Wassermännern, sehen wir zu, wie die Fluten uns neue Schwestern bringen. Die nächsten Wellen werden zwei neue Schwestern gebären, im Süden des Mutterwassers.

Die erste der baldigen Schwestern schläft in einer *chata* ihrer Verwandlung entgegen. Wie ihre Eltern und Großeltern glaubt sie, schlimme Zeiten ausblenden und sich in eine Wochenendhütte zurückziehen zu können, bis das Klima sich gebessert hat. Aber auch sie kann nicht entkommen, das Wasser steigt und steigt, und sie ist nur wenige Zentimeter von ihrer Wiedergeburt entfernt. Sie wird sich gut machen als Schwester. Wird die Augen aufschlagen nach ihrem Ertrinken und sich vielleicht ein wenig wundern. Ich kann unter

Wasser in mein Zimmerchen hineinsehen, wird sie sagen. Und: Ich hätte mir nie gedacht, einmal in Písek über die Steinbrücke schwimmen zu können. Und: War das jetzt ein Seehund? Dann wird sie lachen und sagen: Habt ihr den schon gehört? *Hütte in Südböhmen zu verkaufen. Außenpool. Fließendes Wasser. Zu besichtigen an der Karlsbrücke. Chiffre: Eilt.* Und wir werden blubbern und wir werden lachen.

Noch schläft sie in ihrem Bettchen unter dem Dach, Ferienhäuschen am Abgrund, direkt dort, wo noch nie Wasser seinen Weg ins Landesinnere gefunden hat. Sie wird das Wasser nicht kommen hören, Mutter Mokoše weiß zu überraschen.

Auch die andere, die bald zu uns kommen wird, ist ein Opfer alter Gewohnheiten geworden. Hat auf die Stimmen ihrer Freunde gehört statt auf die Berichte des Wetterdienstes, aus altem, aus überliefertem Misstrauen auf alles, was befiehlt und regiert. Jetzt hat sie sich auf das Dach ihres Autos geflüchtet. Noch betet sie, hofft auf Retter und Helden und Zillen. Bereut es, losgefahren zu sein, die amtlichen Warnungen in Wind und Regen geschrieben zu haben. Noch mehr bereut sie es, beim Fahren auf ihr kleines, leuchtendes Kästchen, dass sie Telefon nennt, geschaut zu haben und vom Weg abgekommen zu sein, das Kästchen, das sie jetzt fast schon beschützend gegen die vollmondgleiche Wölbung ihres Bauchs drückt. Bereut es, sich Zeit genommen zu haben zum Lesen und Weiterschicken der Nachricht: *Kennen Sie den? Opa Novák wartet am Dach seines Hauses, das Wasser steigt und steigt. Dreimal kommt die Feuerwehr vorbei, mit ihrem Boot, will ihm helfen, aber Opa Novák sagt immer wieder: Der Herr wird mich retten. Als er dann ertrinkt und vor seinem Schöpfer steht – nennen wir ihn Gott oder Svantovít oder Perún –, klagt er vorwurfsvoll: Gott, warum hast du mich nicht gerettet? Und der Gott sagt: Novák, Novák, ich habe dir doch dreimal die Feuerwehr geschickt.*

Noch gehört sie nicht uns.
Noch.
Aber die Wellen umfluten schon die Seiten ihres Autoinselchens und wir sehen sie, auch durch Schlamm und Gras und Unrat hindurch. Sehen ein Gesicht, das es schwer haben wird, die Burschen und die Männer zu uns in die Fluten zu locken. Diese Schwester wird schon bald als Irrlicht enden. Aber Mutter Mokoše wollte es so.

Die andere, die ihrem Anfang entgegen schläft, in einer Hütte am Abgrund, wird es besser haben, mit Haaren, lang und wellig und rot, die sich im Wasser spiegeln werden. Ihre Hände werden kalt und feucht sein, ihre Küsse auch, und unsere

Töpfe werden sich wieder füllen mit Männerseelchen, die für uns durch die Dunkelheit leuchten. Schon zwei neue Schwestern haben sich zu
uns gesellt, seit Mutter Mokoše die Schleusen geöffnet hat. Das ist weniger als gedacht, weniger als
gehofft.

Es gab eine Zeit, damals, vor Anbeginn des Festlands, als es noch keine Schwestern gab. Nur die
Mutter und ihre Schwestern Morena und Lada,
Winter und Frühling, und die allerersten der Was-
sermannsöhne. Dann haben die Mutter und ihre
Schwester das Land aus dem Wasser gehoben,
haben Inseln und Hügel entstehen lassen. Die
Wassermänner haben die Mutter davor gewarnt,
trockene Flächen zu gebären, das Wasser zu verdrängen. Mutter Mokoše hat aber gesagt: Wartet
und ihr werdet bekommen. Dann haben die Wassermänner lange gewartet, zu lange. Bis sie dann
doch Schwestern bekommen haben, ganz wie die
Mutter versprochen hatte. Uns Schwestern, die
schöne, sich windende Seelchen brachten und
immer noch bringen. Männerseelchen, an deren
Leuchten die Mutter und die Brüder und wir uns
in dunkler Tiefe erfreuen, und wir alle wussten,
dass Mutter Mokoše gut ist und weise.

Das Wasser um das Blechinselchen herum sammelt sich zum Ansturm. Der Regen bellt von oben herab. Die Schwester ist nass, so nass, wie sie noch nie war, wie sie bald für immer sein wird. Sie weiß nicht, zu wem sie beten soll, und das ist gut so. Es gab Zeiten, die sind schon längst vorübergeflossen, da hat die Mutter sich erweichen lassen, wenn ein Mädchen ihren Namen nur laut genug durch Tränen und Regen geflüstert hat. Aber die Schwester, die kommen wird, hat Mutter Mokošes Namen nie gehört, nie gelesen. Es ist schon viele Überflutungen her, dass die Mädchen den Namen Mokošes auf ihren ertrinkenden Lippen trugen, die Zeiten der Priester in den schwarzen Kutten und dann der Soldaten in braunen Stiefeln und dann der Kinder mit ihren roten Halstüchern und dann der Menschen mit den leuchtenden Telefonkästchen haben die Mutter namenlos werden lassen, mit einem Herzen, härter als jeder zugefrorene Fluss.

Oh, so lange war es leicht, neue Seelchen und neue Schwestern zu uns zu holen. Mutter Mokoše hat sie kommen sehen, die Menschen, die ins Land strömten, das einstmals Meeresboden war. Die sich angesiedelt haben auf dem dunklen, fruchtbaren Grund, den Mutter Mokoše ihnen geschenkt hat. Die neuen Menschen haben sich das Wasser auf ihr Land geholt, kleine blaue Wasseraugen rund um ihre Dörfer. Wir, damals noch Menschentöchter, kamen zum Wasser, freiwillig oder auch nicht. Wenn unsere Herzen oder Bäuche schwer waren wie Mühlsteine, wurden wir fast wie von selbst in die Tiefe gezogen. Mutter Mokoše und die Wassermänner haben uns in Empfang genommen, uns gelehrt, wie man die Netze spinnt und wie man sie auswirft.

Das werden auch unsere neuen Schwestern lernen, auch die aus dem Häuschen am Abgrund, und die vom Blechinselchen, in deren Bauch eine weitere Schwester schwimmt. Die Schwester auf dem Autodach hat schon alle Flüche durch, viele sind es nicht. Ihr Telefon ist ihr nicht nütze, wenn die Welt um sie schon halb ertrunken ist. Nur kleine Fetzen von Nachrichten dringen zu ihr durch, wir sehen es leuchten durch die Dunkelheit, und im strahlenden Viereck in ihrer Hand brechen sich die Buchstaben, die ihr nicht helfen werden: *Der Prager Oberbürgermeister schafft die Polizei ab und ersetzt sie durch die Küstenwache.*

Das Wasser hat die Hütte am Abgrund nun vollkommen eingehüllt. Die neue Schwester ist kurz aufgewacht, in Nässe und Dunkelheit, konnte nicht einmal mehr nach ihrem Telefon greifen, um die letzte Nachricht zu lesen – *Die Prager Verkehrsbetriebe schreiben den Posten des Vizeadmirals aus,* bevor die Mutter sie verschlungen und in ihre neue Form hineingeboren hat. Dann hat eine von uns sie an der Hand genommen, ist mit ihr zu uns geschwommen, wir können uns fortbewegen so schnell wie ein Wimpernschlag. Die neue Schwester schwebt neben uns. Die Schwimmhäute zwischen ihren Fingern wachsen schon. Wenn sie dann aufs Land zurückkehren wird, zur Jagd, werden die Häutchen sich zurückziehen.

Noch hat sie nicht wirklich verstanden, wer wir sind, wer sie zu sich geholt hat. Seht ihr, wer da vorbeischwimmt, sagt sie, das ist doch Gaston, den kenne ich aus Prag, aus dem Zoo. Dann streckt sie ihre kleine, ertrunkene, noch sich wandelnde Hand einem Seehund entgegen, der hier nicht schwimmen sollte, aber trotzdem schwimmt, hin, er weicht aus, treibt weiter, Richtung Elbe, Dresden, Verderben. Und dann schauen wir durch die Wellen zum Blechinselchen. Die Flut ist der jungen Frau schon über die Knie gestiegen. Es wäre leichter, würde sie ihr Schicksal annehmen, sich fallen lassen in den Strom. Aber sie kämpft. Weiß nicht, dass das Wasser ihr Trost und Weiterleben bietet. Auch das ein Fluch der neuen Zeiten, die sich weigern, uns Seelchen und Schwestern zu schenken. Keine kommt mehr zu uns, weil sie ausgerutscht ist am Ufer eines Flusses, weil wir sie an ihren Kleidern in die dunklen Tiefen gezogen haben. Die Röcke werden leichter, kürzer und werden in den Häusern gewaschen. Ist schon viele Überflutungen her, seit die letzte Wäscherin zu einer Schwester geworden ist. Keine wirft mehr ihr Leben in die Wellen, um ein zerbrochenes Herz und zerbrochene Träume zum Schweigen zu bringen. Die alten Ideen von Ehering und Mutterschaft sind den neuen Zeiten zum Opfer gefallen. Das Salz trocknet schnell auf den Wangen. Die wenigen Töchter, die noch den Weg zu uns finden, die Erlösung im Wasser suchen, sind nicht wütend auf die Welt, nur traurig, so bodenlos traurig. Sie eignen sich selten zum Jagen, zum Locken am Wasser. Wenn sie sich verlieben, und das werden sie, und wenn sie versagen, und das werden sie, verwandelt sie Mutter zu Irrlichtern, die durch Nacht und Nebel flirren und irgendwann verlöschen.

Haben sich die Menschen, die auf Mutters Lenden wohnen, sich denn nie gefragt, warum die flatternden, flackernden Flämmchen immer seltener werden? Wohl nicht, früher ist kaum jemand nachts durch den Wald gegangen, jetzt tragen sie ihr eigenes kleines Irrlicht vor sich, dessen Nachrichten durch die Dunkelheit blinken: *Neueste Meldung: Sogar die Wassermänner legen sich jetzt eine Hochwasserversicherung zu.*

Das Mädchenherz im Bauch der Schwester klopft aus Sehnsucht nach dem Wasser, es weiß, dass es unter Wasser geboren werden muss, um zu leben. Seine Mutter steht immer noch aufrecht, ihr Bauch langsam umschlossen von ihrem schäumend braunen Beginnen. Dass in ihrem Bauch eine Schwester, keine Tochter schwimmt, weiß sie noch nicht. Ein letztes Mal noch blitzt ihr Telefon auf: *An alle Wassersportler: Sämtliche westböhmische Landstraßen sind befahrbar.* Dann schickt Mutter Mokoše die eine große Welle und holt sie zu uns. Wir hören sie spucken und gurgeln und treten, wir hören die Herzen, die aufhören zu schlagen, wir sehen die Schenkel, die sich im Wasser öffnen, wir sehen das Köpfchen, das Mädchen, das sterbend geboren wird. Wir sehen sie treiben, beide, leer, ohne Bewegung, dann öffnet sich ein Paar Augen, dann noch eines, und beide neuen Schwestern sehen zum ersten Mal ihre neue Familie. Die Mutterschwester beugt sich zur Tochterschwester, streichelt ihr durch die ewignassen Löckchen, erzählt ihr das Letzte, an das sie sich erinnert: *Zwei Männer in der Kneipe in Prag. Sagt der eine: Verdammt, ich habe in der Arbeit wohl vergessen, das Wasser abzudrehen. Der andere: Wo arbeitest du denn? Der eine: Im Wasserkraftwerk von Slapy.*

Noch drei neue Schwestern also. Mutter Mokoše weiß sich zu wehren, wenn die Zeit ihr nicht in die Hände spielt. Wenn neue Epochen ihre Kinder austrocknen. Wenn die Veränderungen die Mutter necken und uns auslachen. Es war vor etwas mehr als einhundert Fluten, als das Land begonnen hat, sich zu verändern. Hat sich abgespaltet, ist gewachsen, mit sich und in sich. Mutter Mokoše hat den Wechsel der Zeiten zuerst noch mit Freuden gesehen. So voll, hat sie gesagt, war dieses Land noch nie. Ihr werdet sehen, meine Söhne und Töchter, die neue Fülle des Landes wird unseren Fluten neue Kinder gebären. Die Jungen sind mutiger geworden, hat sie gesagt, sie fürchten das Wasser nicht mehr.

Die Flüsse sind voller denn je zuvor, fast an jedem warmen Tag, den Mutters Schwester Lada schenkt, senken sich Schwärme von Booten ins Wasser wie Schulen kleiner, halbtrockener Fische. Wenn Morena die Kälte schickt, tanzen sie auf den Oberflächen der Teiche und spielen Fangen, mit kleinen Scheiben und Netzen und bunten, gebogenen Hölzern, genau wie Mutter Mokoše es vorausgesagt hat. Wir nehmen alle zu uns, die das Wasser überschätzen oder durch das Eis brechen.

Aber dennoch finden weit weniger zu uns, als wir gehofft haben. Die Jugend ist vorsichtiger geworden. Besser darin, das Eis unter ihren Kufen zu prüfen und unseren greifenden Fingern davonzuschwimmen. So sehen wir sie, wie sie dasitzen in den Sommernächten, unsere Fische grillen auf ihren Feuern neben den Ufern, wie sie Bier um Bier in ihre Bäuche rinnen lassen. Und immer hoffen wir, dass der Fisch und das Bier sie müde machen, unvorsichtig, aber sie enttäuschen uns jeden Sommer aufs Neue. Selbst wenn die Boote kentern, sinken keine zappelnden, sich gegen Mutters und unsere Finger wehrenden Körper mehr zu uns, höchstens mit Zelten und Trockenvorräten gefüllte Taschen, und die Vierecke in ihnen ertrinken, ohne ihren Besitzern je die neuesten Botschaften zu übermitteln: *Wisst ihr, dass man in Prag fast eine Briefträgerin erschlagen hätte? Sie hat die Nachzahlungsforderungen der Wasserwerke ausgetragen.*

Die Seelchen der Ertrunkenen verlieren langsam ihr Leuchten, ihr Strahlen dringt nicht mehr durch die Wände der irdenen Töpfchen. Irgendwann erlischt das Leuchten ganz, einmal müssen wir jedes Seelchen freilassen. Mutter weiß um unsere Not. Weiß, dass es ein Fehler war, Land zu erschaffen. Mokoše weint, aber ihre Tränen werden aufgestaut, hinter eisernen Dämmen und Barrieren aus neuem, menschgemachtem Stein. Manche von uns und von den Brüdern haben sich dort eingerichtet, unweit der Mauern, wo da Wasser tief ist und der Schlamm sich sammelt. Dort lauern wir auf Arbeiter, die den Flusslauf und die wirbelnden Stahlungeheuer warten. Nur selten geht einer ins Netz. Stattdessen lassen sich dicke, neugierige Karpfen zu uns sinken, bieten stumme Gesellschaft in luftarmer Schwere, lassen sich hin und her wiegen von den Wellen ewig arbeitender Turbinen.

Mutter Mokoše weiß, dass sie handeln muss. Der Sommer hat sich über seine Mitte geneigt, der Erntemond zieht das Wasser zu sich, sie öffnet ihre Augen, ihre Haare, ihre Schleusen. Sieben Meter über dem Sommerwasserspiegel sind wir schon, Mokošes neue Töchter flüchten in Feuerwehrboote, klammern sich an Festlandinseln, aber nicht alle werden entkommen.

Die Schwester vom Blechinselchen treibt jetzt zwischen uns im Kreis. Die künstliche Farbe klebt noch sehr hartnäckig in ihrem Gesicht und an ihren Händen, aber auch das werden Zeit und Wasser schon lösen, werden alles aus dem alten Leben aus ihr rausschwemmen. Ihre Tochter schlängelt sich durch das Wasser, grüner Flaum lockt sich um ihr ungeborenes Köpfchen. Sie ist die Erste seit vielen Jahren, die in diesem Strom heranwachsen wird, wir hören das Wasser raunen, vor Sehnsucht und vor Glück. Ihre Mutterschwester löst sich langsam aus ihren Kleidern, lässt sie nach oben schwimmen, damit sie gefunden werden. Über unseren Köpfen gleitet ein Schatten hinweg, die Rettungszille, die keinen Menschen mehr finden wird, dort, wo das gestrandete Fahrzeug wartet.

Gleich wird die neue Schwester losschwimmen. Vorsichtig zuerst, wird den neuen Augen nicht trauen, die durch Schlamm und Dunkelheit sehen. Dann wird sie verstehen, was es heißt, gleichzeitig sie selbst in neuer Form zu sein und dennoch Teil eines Großen, Fließenden, sie Umfangenden und Bedeckenden, und zum ersten Mal wird sie sich wild fühlen, wild und berauscht. Wird mit den Händen die Brückenbögen von unten streicheln und küssen und liebkosen, wird sich lachend an ertrunkenen Bäumen festkrallen und wieder loslassen, einfach weil sie kann. Sich von Großmutter Vltava und Urmutter Elbe davontragen lassen, weit, flutabwärts, an stillen Turbinen und spät geöffneten Schleusen vorbei durch die Städte. Wird, wie wir alle, an den Barrikaden rütteln, die sie uns in den Weg gestellt haben. Sie wird durch Häuserschluchten schwimmen, Hausdächern und Gartenzäunen ausweichen, die der Nordsee entgegentreiben, wird Hundeseelen und Kuhkörper umschwimmen. Durchs Wasser hindurch wird sie Umrisse von neuen Ufern sehen und die erste Sehnsucht verspüren, in ihrer neuen Form aus dem Wasser zu steigen und diese Ufer zu erforschen, an denen Menschen stehen und zu ihr hinabsehen. Wird einen Reigen entlang der Staumauern tanzen und sich an Flutwitze erinnern, die ihr geschenkt und mitgegeben wurden, als sie noch nicht geboren war.

Falschparkern entlang der Moldau wird die Polizei keine Parkkralle mehr verpassen, sondern einen Anker.

Sie wird aus dem Wasser steigen, zum ersten Mal seit ihrer Geburt, und wird jeden Regentropfen begrüßen, während die Landmenschen für weniger Wasser beten. Dann wird sie zurückschwimmen zu uns. Wird von den Irrlichtern berichten, deren Augen sich in die ihren eingehängt haben. Wird von den Sagen berichten, die sie ihr zugeflüstert haben. Sie wird berichten, von den Fluten, die sich ballen. Die sich weigern, sich zurückzuziehen. Vom alten, neuen Ozean, der gerade geboren wird.

Dann werden wir verstehen, was Mutter Mokoše plant. Wie sie sich rächt an den Zeiten, die ihr die Töchter gestohlen haben.

Dieses Mal wird das Wasser sich noch zurückziehen, nach und nach. Die Menschen werden die Spuren der Flut noch Wochen und Monate bekämpfen, sie aus Kellern und Straßen und U-Bahn-Tunneln pumpen. Dann werden sie es überstanden glauben.

Mutter Mokoše aber wird das Wasser wiederkommen lassen. Die Überschwemmungen werden sich häufen, der Pegel wird steigen. Irgendwann wird das Wasser sich nicht mehr zurückziehen, der mittelböhmische Ozean wird wieder auferstehen, wird sich mit dem Eggenburger Meer verbinden, an dessen Rand kein Schilf mehr stehen wird, das Nachbarland kein Schilfland mehr. Nicht mehr lange und wir werden so viele neue Schwestern bekommen, und so viele neue Männerseelchen, wie es gar keine Töpfchen gibt, in die wir die Seelchen sperren können. Wir werden uns mit den Kochtöpfen und den durchsichtigen Brotdöschen aus den Menschenhäusern helfen müssen, auch wenn die so leicht sind, dass sie bei jeder Welle davonschwimmen könnten.

Die Seelchen und die Schwestern werden sich fragen: *Kde domov můj,* wo ist meine Heimat, wohin ist sie verschwunden? Sie werden nur das Wasser rauschen hören, über den Wiesengründen, die Kiefernwälder werden sich im Strom wiegen, keine Blüten mehr in Hainen, nur Seerosen auf den Oberflächen in den Tiefen, mit einzelnen Inselchen dort, wo die Städte waren. Ein Wasserparadies, was für ein Anblick wird das sein, unsere Heimat, das tschechische Wasser, der große, ewige, böhmische Ozean.

Acht Meter über dem ewigen Spiegel sind wir schon.

Und die Pegel steigen.

HUSÁKS STILLE

»Man erzählt sich, das Letzte, was man vom Kutscher Vincenc Sáhula gesehen hätte, sei eine Hand gewesen. Aus dem Wasser ragend. Verzweifelt winkend. Seine schweren Stoffärmel, sein Umhang mit Wasser vollgesogen. An seinem Gesicht die Fische vorbei gestreift. Der Fluss sei in Mund und Nase eingedrungen. Habe seine Schreie ertränkt.«

Sieben Leute lehnen am Ufergeländer, die Gruppe klein heute, Nebensaison. Drei junge Amerikaner, zwei Spanierinnen, eine Kanadierin, eine aus Südkorea. Blicken über das Novemberwasser zur Hetzinsel, dann in Richtung Burg, flussaufwärts. Suchen den Fluss nach Trümmern ab, die da vielleicht einmal geschwommen sind. Oder auch nicht. Der Moldaukutscher immer einer der Lieblingsgeister. Vom anderen Ufer das Elf-Uhr-Läuten der Sankt-Antonius-Kirche am Strossmayerplatz. Hörbar durch touristenarme Nacht.

Ich senke die Stimme. »Am Knöchel des Kutschers die glitschige, mit Schwimmhäuten überwachsene Wassermannhand. Da, wo die Schiffe ankern, trieben Teile seiner Kutsche auf dem Wasser und …«

Die Koreanerin dreht sich vom Fluss weg. Schaut durch den Park. In Richtung des Gebäudes, das man Husáks Stille nennt. Ihr Schrei eher ein höfliches Quietschen. Dann die Hand auf den Mund.

Einer der Amerikaner lässt seine Bierflasche fallen.

»*What the actual fuck* …«

Alle Augen sind an den Aufgang des Ministeriums gekettet. Und jetzt sehe ich sie auch. Bleich, lange Locken. Kleider, hell und wallend. Ketten um Arme und Körper gewickelt. Die Nacht greift nach meinem Magen.

»Die ist echt, oder? *A real ghost*?«

Die Gruppe löst sich vom Ufer, bevor ich noch etwas sagen kann. Läuft nach vor, über den Parkplatz. Zwei, drei Klicks von Handykameras, im Laufen. Ich hinterher. Langsamer.

»Auf dem Foto kann ich sie sehen.« Amerikaner Nummer zwei schaut auf sein Display, klingt enttäuscht. »Also ist die nicht echt …«

»Wie man es nimmt. Eine Wiedergängerin auf alle Fälle. Taucht nur an besonderen Tagen auf.«

»Besonderen Tagen?« Die Koreanerin bleibt in sicherer Entfernung stehen.

Mir entschlüpft ein Seufzen. Ich hätte es wissen

müssen. »Morgen ist der 17. November. Hier hat die Samtrevolution angefangen. 1989. Ende des Kommunismus. Ist gar nicht so lange her.«

Die Amerikaner lösen sich von der Gruppe. Gehen noch näher an die Pforte heran, nähern sich dem Rollstuhllift mit der angeketteten Gestalt. Blitzlicht zersplittert in der Dunkelheit. Klick, klick.

»Bleiben Sie lieber hier. Mit diesem Geist ist nicht gut Zwetschken pflücken. Sagt man das so? Oder Slivovice trinken.« Ich lache das Zittern in meiner Stimme weg.

»*Impressive*«, sagt die Koreanerin, ohne näher heranzugehen. Ich nicke. Eindrucksvolle Erscheinung. Die Ketten. Die Decken. Die Leidensmiene. Ich stelle mich zwischen die Amerikaner und die Kanadierin.

»*Ahoj*, Mileno.«

Sie schweigt. Dreht ihren Kopf weg. Im Kupferlicht der Prager Straßenlaternen wirken ihre Haare fast orange.

»Mileno …«

»Kennen Sie sie?« Einer der Amerikaner, verwundert.

Ich nicke. »Flüchtig.«

Jetzt sieht sie mich an. Unausgesprochenes schwebt zwischen uns wie ein Irrlicht.

»Lassen Sie uns weitergehen. Wir haben noch so viele Gespenster vor uns. Echte.«

Die Gruppe wie angeklebt. »Sollten Sie nicht jemanden rufen?«

»Wird nicht notwendig sein.« Ich müsste nicht einmal Libuše heißen, um vorauszusagen, wie diese Episode ausgehen wird. »Die Polizei wird kommen. Die Ketten durchschneiden. Entweder heute Nacht noch oder morgen früh.«

Die nächsten Stunden wird sie hier verbringen. Eingewickelt in ihre Decke. Wird der Nacht trotzen. Der Stadt. Dem Nebel, der vom Fluss hochkriecht.

»*But who is she*?«

»Milena Krámerová. Den Namen des Vaters haben Sie vielleicht einmal gehört. Luboš Krámer. Ex-Dissident. Zuerst Journalist. Dann Fensterputzer. Karriere nach der Revolution. War in der Ära Havel eine Zeit lang Landwirtschaftsminister. Unter anderem.«

Die Gruppe sieht mich an. Krámers Name unbekannt.

»Also ist das eine Protestaktion? Wogegen?«

»Weiß keiner so genau.« Außer Milena. Und mir.

Die Ketten werden wieder fotografiert. Die Wärmedecke. Milena. Die Zeit hat aus dem müden Gesicht jede Hoffnung gesaugt. Nur Trotz hinterlassen.

Klick. Klick.

»Kommen Sie weiter.« Ich will die Gruppe weg-
lotsen. Das Gebäude vor uns noch drohender bei
Nacht und Dunkelheit.

»Wohnt da der Präsident?«, fragt eine der Spanierinnen. Amerikaner Nummer eins lacht. »Non-
sense, da wäre doch viel mehr Polizei da. Und
Zäune. Und Betonpoller.«

Die Gruppe sieht sich um. Keine Sicherheitsmaß-
nahmen zu sehen.

»Der Präsident arbeitet oben. Auf dem Hradschin.
Sie können gerne eine separate Tour buchen. Geister und Legenden der Prager Burg. Nur 400 Kronen. 20 Euro pro Person.«

Murmeln. Man überlegt.

»Ich werde Ihnen von Fürstin Drahomíra erzählen. Üble Gestalt. Die Erde hat sie verschlungen. Hat sich aufgetan. Direkt vor ihrer Kutsche.
Alles direkt in die Hölle gestürzt. Pferde, Kutsche,
Fürstin.« Passiert in Prag irgendwie öfters.

»*Great.*« Das kommt von den Jungamerikanern.

»Aber was ist das Haus da?«

»Das Verkehrsministerium und die Zentrale der
tschechischen Bahn.«

»Protestiert sie gegen schlechte Fahrpläne oder
alte Züge?«

Blicke zwischen mir und Milena. Beim Kopf-
schütteln lösen sich zwei Strähnchen aus meinem
Haarknoten. »Hier war bis zur Wende der Sitz des
tschechischen Zentralkomitees.«

»Das was?«

Ich bin nicht sicher, ob die Spanierinnen mir folgen können.

»Die kommunistische Machtzentrale. Das Regierungsherz.«

»*Spooky*«, sagt die Kanadierin.

Ich nicke. »Es gab Gebäude, die weitaus furchterregender waren. Die *kachlíkárna* auf der Letná, das sogenannte Kachelhaus, zum Beispiel. Sitz des Innenministeriums. Oder die Polizeizentrale in der Bartolomějská.« Seit meinem ersten Verhör habe ich um dieses Haus einen Bogen gemacht. »Das Untersuchungsgefängnis in Ruzyně, beim Flughafen.« Da sind unsere Väter immer wieder eingesessen. »Und natürlich das Gefängnis in Pankrác, wo die Hinrichtungen stattgefunden haben. Der Polizeisprecher will nicht bestätigen, dass es dort spukt. Sagt, das würde dem guten Ruf der Polizei schaden.« Jetzt lacht die Truppe.

»Das Gebäude des *Ústřední výbor Komunistické strany Československa* hier. Ist auf ganz besondere Art unheimlich. Spüren Sie sicher auch. Hören Sie mal. Merken Sie die Stille?«

Die Gruppe lauscht. »Wieso hört man hier keine Autos? Hat sich da auch die Erde aufgetan und sie verschlungen?«, fragt die Kanadierin.

»Der damalige Chefsekretär des ÚV KSČ hat sie verbannt. Husák hieß der. Der Autolärm und die Abgase haben ihn beim Regieren gestört.«

Milena schnaubt. Ich fahre fort. »Oder er war sich einfach zu gut für den Kontakt mit den Prager Genossen. Der Nachtwächter des Verkehrsministeriums hat mir erzählt, er sieht Husák manchmal. Immer in den späten Nachtstunden des ersten Mai. Kurz vor dem Morgengrauen. Sieht angeblich so aus, als würde er einem Maiaufmarsch zuschauen wollen. Einen, den es nie wieder geben wird.«

Ich suche Milenas Blick. Will sie fragen, ob sie Husák je gesehen hat. Oft genug war sie hier angekettet, auch nachts. Milena blickt auf ihre Decke, auf die Hügel, unter denen sich ihre Schuhe verbergen. Ihr Gesicht kälter als die Moldau. Jede Woche im Gefängnis lässt sie mehr altern. Zwei Monate waren es dieses Mal.

»So, gehen wir weiter. Der Nachtwächter hat sie sicher schon gesehen.«

Ich beuge mich vor. Flüstere: »*Čau*.« Jetzt sieht sie hoch. Sie flüstert auch.

»Hau ab.« Und: »Verräterin.«

Ich drehe mich weg. Sehe die Zeitungsmeldungen vor mir. Übermorgen. *Ex-Professorin für deutsche Literatur wieder am Rollstuhllift des Verkehrsministeriums angekettet.* Schlagzeilen macht sie keine mehr. Rutscht tiefer und tiefer in den Chronikteil. Die ersten Meldungen habe ich noch ausgeschnitten. Die mit Foto. Milena im Kostümchen, seriös.

Beim Verlassen des Gerichtssaals, mit Familie. Ministerwitwenmutter, Milenas gut vernetzte Brüder. Unterstützen ihr schwarzes Schäfchen inzwischen nicht mehr öffentlich. Stolz sind sie trotzdem. Auf eine, die sich den Widerstandsgeist bewahrt hat. Weil sie es sich leisten kann.

»Jetzt haben Sie einen echten Geist gesehen. Na ja, Quälgeist.«
Die Gruppe lacht. Ich beschleunige meinen Gang, fühle mich bei jedem Schritt weniger schwer.
»*Are you alright?*«, fragt die Kanadierin.
Ich lotse die Gruppe flussaufwärts. Drehe mich um. Sehe Milena, wie sie immer noch auf der Treppe sitzt. Alternd. Allein. Und dann sehe ich uns beide dort. Es ist Nacht, aber wärmer. Ihre Jacke riecht nach Rauch und Bier. Und nach bulgarischem Rosenwasser. Stundenlang habe ich die Goldstrandläden nach einem Geschenk abgesucht. »Alles Gute zum Achtzehnten.«
Milena zieht mich auf die Stufen von Husáks Stille. Die Straßenlampen lassen ihr Haar kupfern leuchten.
»Milenko, bitte.« Ich flüstere. »Wir müssen weg. Gleich kommen sie. Ich will nicht verhaftet werden. Nicht heute Nacht.«
»Ich bin Bürgerin. Steuerzahlerin.« Ihre Stimme hallt über den Vorplatz. Sie legt es auf eine Verhaftung an.

»Ich will sitzen, wo ich will.« Sie zieht mich zu sich. Küsst mich, zum allerersten Mal. Wir laufen erst weg, als die Polizisten schon nach uns greifen.

Ich führe die Gruppe am Ufer entlang. Richtung Agneskloster und Alchimistenhaus.

»Ihr Mister Havel, spukt er auch?«, fragt die Kanadierin.

»Nicht in Prag. Weder im Gefängnis von Ruzyně noch auf der Burg noch in seiner Wohnung stromaufwärts. Man soll ihn aber in seinem Ferienhäuschen in Hrádeček gesehen haben. Dort, wo er gestorben ist. Nordöstlich von Prag, bei der polnischen Grenze. Der Präsident soll durch den Garten und die umliegenden Wälder streifen. Passanten um eine Zigarette bitten. Murmeln, dass die Wahrheit am Ende immer gewinnt. *Pravda vítězí.*« Gibt sich wohl die Schuld dafür, was die Geheimdienstler mit uns Kindern getan haben.

»*Ghost Havel? Cool!*« Die Gruppe klingt beeindruckt. Sie folgen mir. Quer über die Revoluční. In die Gässchen rund um den Haštalská-Platz.

»Nette Gegend«, sagt eine der Spanierinnen. »So alt.«

»Ich bin hier aufgewachsen.«

»Hier? Waren Ihre Eltern reich?«

»Vor der Wende haben ganz normale Menschen hier gewohnt. In den alten Häusern und Palästen. Heutzutage kann man sich das nicht mehr leisten.

Die ausländischen Eigentümer haben die Häuser aber wenigstens hübsch renoviert.«

»Irgendwie unheimlich, die Stille«, sagt ein Amerikaner.

»Stellen Sie sich das Ganze vor vierzig Jahren vor. Fünfzig. Alles ganz runtergekommen. Malerisch, verschlafen, hätten manche gesagt. In meinen Kindertagen waren überall Gespenster. Die blutige Nonne zum Beispiel. Gleich hier beim Agneskloster. Bumbálek, der brennende Kerl.«

Die schweigenden Männer im geparkten Auto.

Ich stehe am Fenster, dort, wo *máma* die Vorhänge zugezogen hat. Warte, bis sie aus dem Zimmer geht. Will einen Blick auf die schlafende Straße werfen, ein Stockwerk unter uns. Wissen, was da draußen ist. Warum *máma* seit Tagen darauf besteht, die Fenster zu verdunkeln. Die letzten Abende hat *babička* mich ins Bett gebracht. Mir aus Sagenbüchern vorgelesen. Wohin *máma* und *táta* gehen mussten, wollte sie nicht sagen. Ich höre *mámas* Stimme aus dem Vorraum. Dort, wo das Telefon steht. Ziehe den Vorhang langsam zur Seite. Dicker Strickstoff zwischen kleinen Fingern. Grün. Halte zuerst die Augen geschlossen. Lausche. Still ist die Stadt. Stiller als sonst. Dann öffne ich langsam ein Auge. Die Straße leer. Keine feurigen Kutschen, keine kopflosen Templer. Keine Mönche mit Ketten um Knöchel und Handgelenke. Im schwachen

Straßenlaternenlicht nur ein Wolga. Auf seinen Vordersitzen zwei Männer. Sie schauen hoch, zu unserer Wohnung.

Máma, die ins Zimmer tritt. Mich vom Fenster wegzieht. Den Vorhang aus meiner Hand reißt, ihn wieder zuzieht.

Die Gruppe folgt mir, vorbei an meinem Kindheitshaus. Am Haus mit dem Alchimistenkeller, am Agneskloster. Ich erzähle von Edward Kelley und Kaiser Rudolf und von nachtgebrauten Elixieren. Senke meine Stimme. Damit die Gespenster uns nicht hören. Schließlich naht die Geisterstunde. Die Gruppe erfreut sich am wohligen Gruseln. Habe ich mir das Flüstern je abgewöhnt, seit der Zeit der Telefone, die mit Ohren verseucht waren? Seit der Ära des real existierenden Misstrauens gegen alles und jeden?

Vom jüdischen Friedhof bekommt die Gruppe nur die Außenmauern zu sehen. Sie sind enttäuscht. Es sei zu ihrer Sicherheit, sage ich.
»Stellen Sie sich vor, wir begegnen den tanzenden Gespensterkindern. Ich kann Ihnen noch so viel davon erzählen, sie werden flackernde Kindergesichtchen in den alten Grabschriften sehen. Und dann werden Sie sich fühlen, als lägen all die Steinchen der Gräber in Ihrem Magen.«

Die Gruppe bekommt das Gruseln, für das sie gezahlt hat. Man verzeiht mir.

Milena zieht die Ärmel hoch, zeigt mir Flecken, im Mondlicht grau statt blau. »Jetzt habe ich auch eine Akte. Geburtstagsgeschenk von der STB.« Wir sitzen zwischen jüdischen Gräbern, unentdeckbar. Friedhöfe haben keine Ohren. Keine Augen. Die Anwohner der umliegenden Häuser schließen ihre Sinne in der Nacht. Blenden die Totenstätte aus. Niemand sieht hin, wenn zwei Mädchen durch Hinterhöfe schleichen. Über Friedhofsmauern klettern.

Ich reibe meine Handgelenke. Kann den Griff noch spüren. Das Verdrehen des Arms auf den Rücken. Die ersten staatlich provozierten Flecken. Das erste polizeilich verursachte Äderchenplatzen unter der Haut. Schillernde, violette Blüten wuchsen rund um meine Handgelenke, an den Oberschenkeln, unter dem Schlüsselbein. Zu sehen ist an den Stellen nichts mehr, seit zwei Jahren alles verheilt.

»Blödsinn. Du bist erst vierzehn. Da bekommt man noch keine Akte.«

»Tut man doch. Tarnnamen habe ich sicher auch.« Sie klingt fast stolz. Dann schweigt sie. Sie war nicht bereit. Nicht vorbereitet. Keiner von uns war es. Was hätten die Eltern machen sollen? Die Verhöre daheim in der Speisekammer üben? Sie haben uns gewarnt. Bald werdet ihr zu Zielscheiben. Wann, haben sie nicht gewusst.

»Ich will, dass sie eine Akte haben. Über mich. Mit allen Daten und Namen. Damit ich sie anzeigen kann, wenn die Zeit sich ändert. Das wird sie. Ich werde alle auf der Anklagebank wiedersehen. Die Spitzel, Richter, Polizisten. Die werden ins Gefängnis wandern. Dort, wo jetzt unsere Eltern sitzen, und ihre Freunde.«

»Psst«, sage ich. Milena lacht. »Wer soll uns verpetzen? Rabbi Löw?«

Ich widerspreche nicht. Das Mondlicht liebkost ihr Gesicht. Ihre Sommersprossen verstreut wie Kiesel auf den Grabsteinen. Sie träumt von Prozessen. Ich davon, eines Tages mit ihr zu wohnen. Nur zwei Freundinnen. Mehr nicht. Wir alle bauen uns Märchen und Legenden.

Seit dieser Nacht verbringe ich mehr Zeit mit Milena. Fahre wieder mit den Eltern zu den Treffen nach Hrádeček mit. Freiwillig. Will nicht sehen, dass es für Milena noch gefährlicher ist als für mich. Meine Eltern: unwichtig. Ihr Vater: innerster Zirkel.

Vom Altstädter Ring schwappt das Glockenläuten zu uns. Halb zwölf schon. Wir gehen durch die Kaprova zurück Richtung Fluss. Der Wind wickelt sich um meine Beine. Schleicht sich unter meine Jacke. Ich gebe ihm die Schuld für das schwache Zittern meiner Stimme.

»Sie haben Glück. Jetzt im November sind auf der Karlsbrücke fast keine Touristen. Im Sommer nur Partylärm. Keine Gespensterstimmung.« Die Gruppe folgt mir aufs andere Flussufer und zurück. Jan Nepomucky interessiert sie kaum. Die Geschichte vom Teufel und dem Baumeister schon eher. Dreißig Minuten und sieben Anekdoten noch, und ich bin sie los.

»Hier sehen Sie das Clementinum. Darin ist jetzt die tschechische Nationalbibliothek. War mal Teil der Karls-Universität. Die philosophische Fakultät liegt weiter flussabwärts, neben dem Rudolfinum. Dort habe ich viel Zeit verbracht, aber nicht als Studentin, das war mir verboten. Eine Kantinenkraft war ich. Bis zur Revolution.«

»*Shame*«, murmelt die Kanadierin.

»Hier spukt es auch. Das werden die anderen Guides Ihnen nicht erzählen. Ich weiß es besser. Habe sie gesehen. Vor dem Morgengrauen Schatten durch die Gänge. Zur Beginn der Frühschicht.«

»Wessen Geister?«, fragt einer der Amerikaner.

»Kann ich nicht sagen. Rektoren wahrscheinlich, oder Studenten. Aber nicht der Bursche aus dem Faust-Haus. Den hat der Teufel sich in der Neustadt geholt. Ist mit ihm durch ein Loch aus der Decke geflogen.«

»Auch dieser … wie heißt er? Jan *whatshisname*?«
»Palach? Nein. Ganz normale Studenten.« Die
Brennenden laufen nicht durch die Nächte. Höchstens durch die Nachmittage. Nur einmal, zweimal, dreimal. Dann ist der Spuk vorbei. Einmal in
Hrádeček hat sich eine der Dissidentinnen neben
mich gesetzt. Mir erzählt, dass sie einen flammenden Schatten über den Wenzelsplatz laufen gesehen habe. An dem Tag, als die Polizei Jan Palachs
Leichnam exhumiert und eingeäschert hat. Ich
habe mir gedacht, dass Verzweiflung und Slivovice
einen Gespenster sehen lassen, wo keine sind.

»Nicht.« Ich nehme Milena die Zigarette aus der
Hand. Werfe sie auf den Boden. Zertrete sie unter
meinen Stiefeln. Billige Ostblockware. Stimmzer-
störerin. Dissidentenkinder haben keine Tuzex-
Bons für Westzeug.

»Hat doch keinen Sinn alles.« Sie ringt mit mir, als
ich ihr die Packung wegnehme, hinter mich werfe.
Hoher Bogen, Moldaulandung. Ich ziehe Milena
an mich. Deute zum Nationaltheater auf der anderen Straßenseite. »Da wirst du noch singen. Wirst
sehen. Eine zweite Ema Destinnová. Wirst eine
wunderbare Verdi-Kurtisane. Rothaarig, wie du
bist. Dünnhäutig. Nur noch ein bisschen Schwind-
sucht.«
Milena lacht nicht. »Wie denn bitte?« Die dritte

Gesangslehrerin in drei Monaten hat ihr die Tür zugeknallt. Nationaltheaterdiven im Ruhestand mögen keine lauernden Autos vor ihrer Haustür. Keine Agenten, die sich jede Kleinigkeit notieren: *5. November 1983: Subjekt verlässt das Haus, geht in den Gemüseladen zwei Türen weiter. Kauft zwei Kilo Kartoffeln.*

»Probier es noch einmal beim Konservatorium. Irgendwann müssen sie dich reinlassen.«

»Na sicher.« Milenas Stimme klingt rauer als sonst. In ihrer Hand noch eine Zigarettenpackung. Auch sie landet bei den Wassermännern. Den Uniformierten sehe ich zu spät. Versuche mich in Entschuldigungen. Keine weiteren Blätter in meiner Akte, bitte. Milena in Primadonnenpose. Ich kann sie nicht aufhalten. Steht vor dem Polizisten wie auf einer Bühne. »Ist alles eure schuld. Säue. Schweine.« Handschellen schließen sich um ihre Handgelenke. Und meine.

Ich führe die Gruppe weg von der Brücke. Richtung Altstädter Ring. Durch Straßen, die nicht einmal in Novembernächten frei von Fremden sind. In der Karlova ulice schleicht langsam ein Auto hinter der Gruppe her. Hinter mir. Ich drehe mich um. Erwarte einen schwarzen Wolga. Sehe einen Kleinwagen. Deutsches Kennzeichen, verirrtes Fahrergesicht. Atme durch. Meine Hand greift ins Leere. Keine Milenafinger zum Festhalten. Wir sind sechzehn und vierzehn, als ich das erste Mal das Auto bemerke. Es schlängelt sich hinter uns durch die Abendstille hoch. Schlanke Serpentinenstraße in Burghügelnähe, Fußgängergeschwindigkeit, wenige Meter hinter uns. Lichter gelb durch die Dunkelheit. Ungeheueraugen.

»Wenigstens bist du dieses Mal bei mir«, sagt Milena. Sie kennt die Autos schon. In den nächsten Monaten lerne ich, die Zeichen zu lesen. Wann wollen sie nur mit uns spielen? Wann nehmen sie uns mit?

Egal wie müde wir nach solchen Abenden und Nächten sind, wir dürfen nichts erzählen. Nicht den Nachbarn. Nicht in der Schule. Die anderen Mädchen und Jungen fürchten sich beim nächtlichen Heimgehen davor, beim Rauchen erwischt zu werden. Zwischen Wegrandbüschen und hinter Buswartehäuschen. Höchstens.

Milena und ich werden gemieden. Auf Elternanweisung. Der Durchschnittsbürger gibt sich Mühe, nichts zu sehen. Nicht anzuecken. Unter der Woche brav in die Arbeit, am Wochenende ab ins Ferienhaus. Mit Karel Gott und DDR-Galashows auf dem Zweitfernseher ins Vergessen hinüberschlummern. Manchmal will ich gerne eine von ihnen sein. Feige. Normal. Durchschnitt. Versagerin. In Milenas Augen.

»*Are you alright?*«, fragt die Kanadierin. Ich zucke zusammen. Ich bin auf Prags Hügeln mit einem Wagen im Rücken. In Handschellen vor dem Nationaltheater. Auf dem Altstädter Ring mit sieben Touristen um mich.

Durch Nachtwälder stolpernd, mit Milena.

Wir erreichen Hrádeček am frühen Abend. Mutter scheucht mich aus dem Auto. Vater versteckt sich hinter Schweigen. Der Rest der Dissidenten schon im Havel-Haus versammelt. Frau Olga rührt Limonade an, für uns Nachwuchs. Dann werden wir in der Küche sitzen gelassen. Hören türgedämpfte Erwachsenenstimmen. Wieder einer verhört, verhaftet.

Mutter kommt in die Küche. Ihr Stimme ein einziges Zittern. »Kinder, geht nach draußen. Kurz. Bitte.«

Kinder, sagt sie und meint Milena, mich und zwei Buben, ein paar Jahre jünger. Wir nicken. Wer nichts hört, ist geschützt. Das war bisher immer so.

Vor dem Häuschen bei Hrádeček parken sieben Autos. Durch das beleuchtete Fenster Krisensitzung. Milena hat keine Handschuhe mit. Ich gebe ihr meine. Wir laufen mit den Buben durch Dämmerung und Winterwald.

Sie stehen keine paar hundert Meter hinter dem

Häuschen. Keine Ortspolizisten. Zivil. Prager
Kennzeichen. Landstreicherei, sagen sie und wo
unsere Eltern seien. Ich schweige. Milena faucht.
Eine Handfläche in ihrem Gesicht. Sie fällt.
Ich ziehe sie hoch. Klopfe Schlamm und Schnee
von ihren Knien. Will den Fleck an ihrer Wange
küssen. Flüstern, dass alles gut wird.

Vier Halbwüchsige auf den Rücksitz gequetscht.
Vorne zwei Männer. Schweigen. Wir irren durch
die Dunkelheit. Stundenlang. Fahren die Landstraße hinauf und hinunter. Nicht mal Milena
fragt, wo sie uns hinbringen und was mit uns ge-
schieht.
Wir werden aus dem Auto gezerrt, mit wenigen
Tritten und Schlägen verabschiedet.
Wir tasten uns durch. Suchen nach einem Ort,
einer Straße. Kein Geld, kaum Licht, keine Orien-
tierung. Nachtwald. Das Geheule der Buben. Ich
erzähle Gespenstergeschichten. Von Seelen fres-
senden Geisterkäuzchen. Vom Geist des Räubers
Rumcajs, der im Wald umgeht. Milena sagt, dass
ich aufhören soll. Ich erzähle weiter. Sie zieht mich
so fest am Pferdeschwanz, dass ich gegen einen
Baum stolpere. Das Gesicht an einer Borke aufge-
scheuert. Werde tagelang nicht mit ihr sprechen.
Dann weiter durch den Wald. Suchen, irgendetwas. Wir können niemandem vertrauen.

Irgendwann dann menschliche Siedlungen. Groß sind böhmische Wälder nicht. Wir klopfen nicht an. Die Kleinhäusler werden die VB auf unsere Spuren hetzen, die *veřejná bezpečnost*, die Ortspolizei. Also weiterstolpern. Uns gegenseitig anschreien, um nicht hinzufallen. Nicht liegen zu bleiben. Beim Anblick einer Schnellstraße dann die Tränen freilassen, die Buben und ich. Milena nicht.

Dann am Straßenrand stehen. Raten, wo wir sind. Hoffen auf einen friedfertigen Autofahrer. Einen, der schnell zusammengestrickte Ausreden nicht auftrennen mag. Unsere Augen in die Dunkelheit gerichtet.

Lange niemand. Dann Lichter in der Ferne. Die Laterne eines Wanderers. Die Augen des Teufels. Irrlichter.

Ein Lastwagen.

Der Fahrer ein alter Tramper ohne Fragen. Lässt uns neben sich ins Fahrerhaus, in die Wärme. Schluckt die Lügen vom missglückten Abenteuer. Oder er ahnt, was passiert ist. Die nächsten Stunden dann zusammenzucken bei jedem Gegenlicht. Tee, den der Fremde mit uns teilt. Das Nachtland durchqueren Richtung Prag. Von der Ladefläche Lämmergeblöke, aus dem Radio Cowboy- und Tramperlieder, tschechoslowakischer Verschnitt. Dann der Stadtrand von Prag in Sichtweite. Wir

bitten ihn anzuhalten. Verabschieden uns mit wenigen Worten. Er nickt. Er versteht.
Die Buben auf der Suche nach einem Bus ins Zentrum. Ich gehe Richtung Umfeld, Richtung Landstraße. Noch will ich nicht nach Hause gehen. Schenke mir einen Moment des Träumens. Mit Milena einsame Pilgerin spielen. Räuberhöhle im Wald, wie Räuber Rumcajs und Familie. Aber Milena zieht mich nach Hause. Zu hysterischen Umarmungen. Tot geweinten Mutteraugen. Zwei leeren Weinflaschen auf Vaters Tischseite.

Die astrologische Uhr tanzt die Mitternacht ein. Vor dem Turm nur ein paar Grüppchen mit Touristen. Danach fast Stille am Altstädter Ring. Ich sehe mich um. Salons mit Thaimassagen, überteuerte Lokale und die Wechselstuben mit dem schlechtesten Kurs des Landes. Alle geschlossen. Ich habe mich an sie gewöhnt. Wann eigentlich?

Die Kanadierin bleibt vor mir stehen. Fotografiert die Teynkirche. Ich weiche aus. Stolpere. Teile meiner Strumpfhose bleiben auf den Pflastersteinen des Altstädter Rings zurück, Teile meiner Kniehaut, Tropfen meines Bluts. Die Gruppe ist etwas aufgescheucht. Ich beruhige sie. Sage, dass ich mich mit Schrammen auskenne.

Ich tupfe Jod auf Milenas Finger und Arme. Auf Hühnerkratzer und Entenbisse. Zupfe eine Feder aus ihrem Haar. Die ist mitgekommen von der Kolchose.

Wir sitzen auf dem Boden unseres Badezimmers. Ich halte sie im Arm. Milena weint leise. Ausgetrocknete Stimmreste von der Zugfahrt und den Zigaretten, die sie zwischen den Gleisen winziger Bahnhöfe raucht.

Den Vogelkot bringt sie mit. Er klebt am Hosensaum, in den Haaren. Sie hinterlässt ihn überall in der Wohnung. Ich wische ihn jeden Tag vom Boden. Der saure Dung in meiner Nase. Habe es mir abgewöhnt zu würgen.

Immerhin haben wir eine Wohnung, am Stadtrand, für uns. Zwei Freundinnen, nicht mehr. Den Nachbarn keine Gründe geben, die Ohren auszufahren.

Milena steht auf. Zündet sich eine Zigarette an. Raucht gegen ihre Müdigkeit an. Wir wissen beide, dass sie nie wieder singen wird.

Irgendwann sehe ich kaum noch Geister durchs Clementinum laufen. »Du hast dich abgefunden«, sagt Milena. Inzwischen schrubbt sie Böden. In einem Krankenhaus am Rande der Stadt. Manchmal vergleichen wir unsere Hände. Welche sind die raueren, blutigeren? Was stinkt mehr, Spülwasser oder Schrubbwasser? Sie hat sich schon länger nicht mehr verhaften lassen. Sie lauert. »Du wirst sehen, das Ende ist nah. Die Mauer wird fallen.« Ich will ihr glauben. Wirklich.

Ich durchquere die Celetná, den Graben. Gleich kommen wir zum Wenzelsplatz. Ein, zwei Geschichten noch.

»Wie vertreibt man Dämonen und Untote? Lateinische Gebete, Knoblauch, Weihwasser, Holzpflöcke, Salz?«

Die Gruppe diskutiert. Ist sich nicht einig.

»Jeder gute Geisterjäger hat sein Rezept«, sage ich. »Manchmal reicht eine gute Tat, ein mildes Wort. In einem Haus beim Altstädter Ring schwebte einst ein kopfloses Paar. Reich, geköpft vom gierigen Vermieter. Erlöst von einem Zuckerbäcker. Hat Teigfigürchen mit ihren Gesichtern gebacken, einen im Haus vergrabenen Goldschatz als Belohnung bekommen.«

Für andere Gestalten braucht es mehr. Lenin und Stalin und der Geist der erstickten Zeiten lassen sich nur mit dem Gerassel von Schlüsselbünden austreiben. Und mit Kerzen, Hunderttausenden Kerzen.

Es ist der zweite Abend des Klapperns und Skandierens, des Frierens. Ich weiß nicht, wie Milena mich gefunden hat, unter den Zehntausenden, die den Wenzelsplatz füllen.

»Liebling.« So hat sie mich noch nie genannt. Der Mut füllt ihre Worte.

»Sie vernichten unsere Akten. Komm.«

Wir beide dann Hand in Hand vor dem UV KSČ-Gebäude bei Husáks Stille. Licht in den Fenstern. Unsere Blicke kleben am Leuchten.

Während wir eine Wende herbeirufen und frieren und klappern, fallen die Zeugen der Vergangenheit der Angst zum Opfer. Auch in den nächsten Tagen und Nächten. Wir wecken die Stadt auf. In den Machtzentralen sterben die Akten. Im Papierzerfleischer. Auf Scheiterhaufen in Bürohinterhöfen.

Dann das Weihnachtswunder. Noch vor zwei Monaten hätten alle gelacht beim Gedanken an einen Dissidenten als Präsidenten. Sogar die Geheimen.

Milena verflucht den Dichter und seine Asche erst später. Ich habe von Anfang an ein komisches Gefühl dabei, als sie *Havel na hrad* schreien, Havel auf die Burg. Ein Mann der Milde. Harte Bruchlinien befürwortet er nicht. Spricht lieber von Vergebung, leitet keine Exorzismen an. Lässt alte Geister im System feststecken, statt sie auszutreiben. Also eine neue Zeit. Das Schicksal des Landes in den Händen unserer Väter. Aus ihnen werden Diplomaten, Regierungsmitglieder und Spitzenbeamte. Vom Fensterputzer zum Minister in nur wenigen

Tagen. Einige pendelten in den ersten Tagen zwischen Ministerium und Heizkeller. Milena also Ministertochter. Ich – liebende Entourage.

Zwei Sommer nach der Wende. Ich sitze am Tisch der neuen Wohnung. Immerhin drei Zimmer und zentrumsnah. Milenas Vater zahlt. Meiner hat kein Regierungsamt bekommen. Ist schon froh, dass seine *Silk Cowboys* wieder in Prager Jazzclubs auftreten dürfen. *Plastic People* sind sie keine.
Vor mir Kunstgeschichteskripten. Ich komme mir antik vor zwischen den Neunzehnjährigen in den Seminaren. Milenas Tasche knallt meine Bücher vom Tisch. Milenas Hände klatschen auf die Tischplatte. Zweimal. Dreimal. Zehnmal.
»Wieder nichts?« Ich weiche zurück vor der flammenden Hexe. »Nur leere Hüllen. Niemand will mit mir reden.«
Die Älteren wollen nichts mehr wissen. Nicht die Namen der Folterknechte. Nicht die Identitäten der Spitzelfreunde. Ich kann es ihnen nicht verübeln. Lassen wir die Leichen im Keller, sage ich zu Milena. Noch nie habe ich sie so weinen gehört. Tagelang lässt sie sich nicht küssen. Berühren. Trösten.

Den Amerikanern ist langsam kalt. Sie hätten gerne einen Schnaps, um sich aufzuwärmen. Meckern, dass es keinen Supermarkt gibt, der die ganze Nacht offen hat. Ich weiß, dass man sich mit Alkohol die Kälte nicht wegtrinken kann. Aber das sage ich nicht.

Frühe Neunzigerjahre. Milena verbringt mehr und mehr Zeit in den Archiven. Eine Gerechte im Kampf gegen Papiermühlen. Gegen Aktenvernichter. Mit wenig Verständnis von offizieller Stelle und noch weniger Unterstützung. Der Kampf von Milena und Mitstreitern so gut wie vergeblich. Ein paar wenige Bonzen werden vor Gericht gestellt. An alten Geistern werden Exempel statuiert, sehr selektiv. Die anderen sitzen ihre Pension im Landhausluxus ab oder gleiten von einer Position in die nächste. Beamte, Lehrer, Richterinnen. Milena tobt. »Das Land opfert den Seelenfrieden dem Vergessen, dem Kaufrausch. Aber ich nicht.«
Nur selten kann ich sie zu Spaziergängen durchs nächtliche Prag überreden. Sie sagt, Geister sehe sie in den Archiven genug.

Der Inhalt ihrer Akte bleibt verschollen. Sie bekommt gerade mal eine leere Aktenhülle mit ihrem Namen. Die Verhörprotokolle und Geheimdienstnotizen unabsichtlich vernichtet. So wichtig sind Dissidentenkinder nicht. Die leere Akte spukt jede Nacht durch Milenas Gedanken. Sie gibt nicht auf. Ist wie eine Gespensterjägerin, die durch alte Burg- und Klosterbibliotheken zieht. Die in fast zerfallenen Folianten nach Spuren eines Lebens sucht. Milena sammelt Bruchstücke der Vergangenheit aus den Akten anderer. Für einen Prozess reicht es nicht aus.

Eines Abends am Küchentisch dann die Akte *bubeník*, der Trommler. Meine Finger sind klamm, als ich nach den Papieren greife. Die Akte meines Vaters. Milena ist rechtlich abgesichert. Jeder kann in Tschechien Einblick in alle Akten erhalten. Ich nehme die Papiere, lese. Der Anruf meiner Mutter zwischen Aussageprotokollen. Sie im Krankenhaus, bei Vater. Intensivstation. Alkoholvergiftung. Milena mondblass und trotzig. »Ich war bei ihm. Zu Mittag. Mit der Akte.«

Dann mein Stolpern, mit Koffer in der Hand und Tränentälern auf den Wangen die Treppen hinunter. Milenas Stimme in meinem Rücken. Havels Leitspruch auf ihren Lippen. *Pravda vítězí.* Die Wahrheit siegt.
Vater redet kaum noch, entschuldigt sich nie. Ich lese die Akten, wieder und wieder. Ein Mann, der seine Familie schützen wollte. Der nichts erzählt hat, was die Polizei nicht ohnehin wusste. Die Wahrheit wird siegen? Wessen Wahrheit?

Die Kanadierin holt aus der Tiefe ihrer Jacke einen Flachmann. Becherovkagefüllt. Die Gruppe trinkt.

Ich lehne ab. Sage, dass ich bei der Arbeit nicht trinke. »*Very professional*«, sagt die Koreanerin.

Wein und Slivovice zerfressen Vaters Körper innerhalb weniger Monate. Er trinkt allein, Milenas Fundstücke haben sich rumgesprochen. Vaters Freunde bleiben weg. Die Nachbarn grüßen nicht mehr. Vaters Augen rot. Wie die des brennenden Dämonhundes von Pohořelec.

Milena, die meinen Arm festhält, beim Ausgang des Krematoriums. Erklärungsversuche. Über Suche und Sinn. Über ihre Sehnsucht, etwas zu bewegen. Ihre Wut über geschlossene Herzen und Ohren und Türen.
Mein Schweigen.

Ein paar Monate später das erste Mal die Bolzenschneider der Polizei vor Husáks Stille. Die erste Untersuchungshaft. Die ersten Schlagzeilen: *Ex-Ministertochter kettet sich an Amtsgebäude.* Seitdem fast jedes Jahr ein Prozess. Einmal schleiche ich mich in den Gerichtssaal. Der Staatsanwalt nennt sie Exzentrikerin. Die Richterin vermutet eine Mittlebenskrise. Nennt sie Närrin, gelangweilte Akademikerin. Ministertochter, Revolutionsgewinnerin. Sagt, dass sie vom einfachen Volk kein Mitgefühl verlangen kann. Nicht mit jemandem wie ihr. Nicht mit einem Vater, der vom

Fensterputzer direkt ins Regierungsamt befördert wurde. Es braucht noch ein paar Prozesse, bis die Universität Milena feuert. Jetzt hat sie noch mehr Wut. Und Zeit. Und immer noch keine Beweise. Also spricht sie ins Leere. Kettet sich ans Geländer der Rollstuhlrampe. An die Geister des Gebäudes. An die Erinnerungen. An das tote Herz der Schattenregierung.

Wir sind vor dem Nationalmuseum angekommen. Gleich werde ich die Gruppe auflösen, mit einer letzten Anekdote nach Hause schicken. Dann kann ich endlich nach Hause gehen. Wieder von Aktenhüllen träumen, die keine Papiere mehr bergen. Nur ein paar Strähnen grau sich verfärbender Milenahaare.

ORTE AUS SAND

Der Airbus ist doch nicht abgestürzt.

Schmelzen oder mich auflösen, Vater, das ist die
Wahl.
Oder die Frage.
Hinauf und hinunter, Vater, Götter,
Das Entrinnen verlacht mich. Du, Vater,
Bleibst, wo ich immer gewesen bin,
Am sterbenden Punkt der Vernunft.

Ich steige an der Endstation des A Trains aus und
gehe die Treppen in Richtung Mott Avenue hinunter, mit leicht zittrigen Beinen und Knien. Das
Erste, was ich von Far Rockaway wahrnehme, ist
ein Kiosk mit einem großen Schild: *Essensmar-*
ken werden gerne angenommen. Ein paar Minuten stehe ich einfach nur da. Um mich herum
Anwohner, die sich fragen, ob schon wieder eine
Touristin zu blöd war, den Weg nach Manhattan

zu finden, warum mich in Howard Beach denn niemand in die U-Bahn Richtung Stadtzentrum gescheucht hat.

Schicksal, nennst du es, Vater,
Und Wille, der Götter, und Weltenlauf,
Ohne Entrinnen.
Deine Worte, Vater, sie rauschen.
Verklingen.
Die Höhenluft schluckt jedes hohle Versprechen.

Da stehe ich also. Im Osten der Metropole. In Stille, und Leere, das Zentrum weit, weit weg. Am Ort, der sich vor Jahren schon in meiner Vorstellung eingenistet hat. Der für mich unerreichbar schien, seit dem Tag der schweigenden Propeller. Was für ein Kontrast zwischen den Tausenden, in schlafleeren Wiener Stunden angelesenen Bildern und diesem U-Bahn-Ausgang fast schon an der Stadtgrenze.

Was passiert mir, sag, Vater,
Wenn ich höher fliege, als mir zusteht?
Wird dünne Luft
Meinen Lungenflügeln entweichen?
Wird ein Gott meine Flügelspitzen
Zum Glühen bringen?

Irgendwann reiße ich mich von Kiosk und U-Bahn-Passagieren los, ziehe an Fastfood-Lokalen vorbei, dorthin, wo ich den Ozean vermute. Kann ihn von hier aus ahnen, habe ihn schon aus den U-Bahn-Fenstern hinter den Hausreihen gesehen. Den genauen Weg muss ich erraten und erfragen. Mein Stadtplan ist im Koffer und mein Koffer noch in Frankfurt oder in L.A. oder im Nirwana, und die digitalen Landkarten zeigen nur weißes Rauschen, wenn man keinen *phone plan* hat. Ich bin mir nicht einmal sicher, ob mir ein Stadtplan helfen würde. Far Rockaway ist *too rocky, too far*, zu jenseits, um in die Landschaft der Besucher aufgenommen zu werden.

Das Blau unter uns lauert, Vater.
Genauso tückisch, genauso hungrig wie das Blau
Über unseren Flügeln.
Sicher ist nur die gerade Linie.
Das hast du mir gesagt.

Seit zwei Jahren war ich nicht mehr am Meer. Das letzte Mal war es in Odessa, nach vierzig Stunden in Zügen, die schon zu Gagarins Raumflugtagen elend veraltet waren. Ich kenne alle Fahrzeiten genau. Wien–London: zwanzig Stunden. Wien–Paris: ein halber Tag. Wien–Berlin: eine Nachtfahrt mit zugluftgeschwollenen Augen. Wien–Stockholm: ein und halb Tage, Rügen und Nordsee im Morgennebel inbegriffen. Aber lieber durchgerüttelt und muskelverknotet ankommen, als in einem Feuerball auf einem Feld enden, oder in Stücke gebrochen bei den Nordseefischen, oder in brennenden Einzelteilen an einem Hang der bulgarischen Berge, dort, wo alles fast geendet hätte, wo alles seinen Ausgang genommen hat.

Hinauf oder hinunter, Vater? Was soll es werden?
Du sagst, wer entkommen will,
Darf nicht sinken, darf nicht schweben.
Du fliehst die Wächter, und ich fliehe dich.

Einige der Häuser in Strandnähe sind klein, wie Schrebergartenhäuser ohne Schrebergarten und ohne Gärtner und ohne neue Farbe. Gleich daneben eine Reihe Appartmentblocks, zwischen denen ich durchgehe, ohne sie wirklich zu bemerken. Dann stehe ich vor dem Meer.

Soll ich mich absinken lassen ins Blau unter uns?
Dorthin, wo meine Flügel sich
Mit feuchtem Salz volltrinken werden?
Ich sehe sie unter mir, die gewellte,
Die geschäumte, unendlich harte Fläche.

Ich bin mit der U-Bahn fast bis an den Ozeanrand gefahren. Jetzt nur noch eine Betontreppe hinunterlaufen und durch Miniaturdünen hindurch. Unter meiner Schuhsohle eine zerbrochene Muschel. Ich bücke mich, grabe sie aus. Die Muschel ist größer als mein Handteller, ich stecke sie in die Tasche. Noch ein Souvenir, mit dem ich nicht gerechnet habe. Die Möwen beobachten mich von den Dünen aus. Legen den Kopf schief, fühlen sich gestört, schenken mir einen *dirty look*. Seit dem *labour day* vor drei Wochen haben sie den Strand fast für sich allein. Dass meine Anwesenheit ein paar Vögel in Unfrieden versetzt, amüsiert mich. Zwischen mir und dem Atlantik nur noch der helle, leere Strand.

Am Horizont sehe ich kein einziges Frachtschiff, dabei weiß ich genau, dass sie sich von New York aus auf alle Weltmeere verteilen. Habe jede Cargo-Reise studiert, in der Hoffnung, Far Rockaway wenn nicht per Luft, dann zumindest in einer kleinen Kabine zwischen Containern erreichen zu können. Mit jeder Seite, die ich enttäuscht weggeklickt habe, deren Preise und Reiselänge meine Träume versenkt haben wie Bleigewichte, ist der Ort aus Sand noch ein Stück weiter in die Unerreichbarkeit gerückt. Dabei hätte ich den Ozean gerne auf einem Frachter überquert. Hätte mich eine Welle geholt, hätte eine Nixe aus mir werden können. Frauen, die brennend, zerbrochen aus großer Höhe in die Wellen stürzen, sterben unverwandelt.

Ich ziehe mir die Schuhe aus und die Socken. Kremple mir die Hosenbeine hoch, laufe an der Trennlinie zwischen Strand und Meer entlang. Das Wasser ist warm, ziemlich warm für Ende September. Durch die Gischt lachen meine roten Zehennägel. Ich habe beim Warten auf Informationen über den Verbleib des Koffers dreiunddreißig Dollar für eine Pediküre ausgegeben, und es tut mir nicht einmal leid.

Schmelzen oder sinken, Vater,
Du und ich, wir wissen, was es wohl werden wird.

Über mir sehe ich einen A380 durch die Wolken steigen, ziemlich sicher die Maschine, mit der ich vor einigen Stunden nicht abgestürzt bin. Sehe seine Linksschleife, halb über dem Strand, halb über dem Wasser, quecksilberweiße Regenwolkenstreifen berühren beiläufig und für Sekundenbruchteile seine Flügelspitzen, während die Passagiere spüren, wie sich das Flugzeug langsam der Reiseflughöhe und Geschwindigkeit annähert. Knapp sieben Stunden noch bis Frankfurt, aber nicht für mich, noch nicht, mein Rückweg steht ebenso offen wie alles andere auch.

Keiner in Far Rockaway schaut hoch, als das Flugzeug über die Köpfe und Gärten durch die Luftschichten gleitet, keiner außer mir. Der Luftver-

kehr, der seinen Weg am JFK Airport jenseits der
Lagune beginnt, ist für alle Routine.

Der Ozean wird es sein, sagst du, Vater.
Auch, wenn wir vielleicht
Vom Wasser zerrissen werden, in
Kleinste Einzelmomente, Erinnerungsfetzen.
Ein anderes Ende, sagst du, Vater,
Gibt es nicht.
Für uns.
Für mich.

Wenn man mich fragt, was an Far Rockaway so
besonders ist, würde ich sagen, nichts, gar nichts.
Nichts zu sehen dort, die Wirklichkeit ist öder als
der Name. Und ich allein werde wissen, dass es
nicht stimmt, denn ab jetzt ist Far Rockaway für
mich der Ort, an dem ich gewesen bin. Der Regen,
der mich doch erwischt hat. Der Name, den ich
erforscht, den ich mir erobert habe. Und natürlich
der Strand, und das Meer.

Ich weiß nicht mehr, wann ich über Far Rockaway
gestolpert bin, wann diese zwei Wörter das erste
Mal in meinem Bewusstsein aufgetaucht sind.
I am far away.
Far Rockaway.
Weiter, als ich je zu sein geträumt habe.

Es gibt Ortsnamen, deren Klang sich in mir einnistet und Leerstellen baut, Platzhalter, die gefüllt werden wollen. Andere sehnen sich nach der Erfüllung gut erforschter Fantasien. Mein Abenteuer wartet im Erkunden der Wirklichkeit.

Far Rockaway, das sind Klippen am Ende des geträumten Universums. Sanft stürmendes Grau über gischtbedecktem Sand. Schaukelnde Worte in ewigen Wellentälern. Schaumkronenreste, die sich langsam auflösen, an der Trennlinie zwischen Wunsch und Wasser. Rockaway, zu lange unerreichbar, uneroberbar. Von Wien aus fährt kein Zug über den Ozean.

Kann ich hoch genug fliegen, um
Wirklich Feuer zu fangen, Vater?
Ein Schmelzen und Zerschellen scheint zu banal
Für einen Abschied,
Zu roh.

Ich weiß, es wird regnen, ahne, dass ich noch nass werde. Der Regen, der den Airbus nicht an seiner Heimreise hindern kann, wartet auf mich, als ich über den Strand laufe. Ich kann mich nicht erinnern, ob mein Schirm zu Hause in Wien ist oder in Frankfurt oder Rom oder Caracas, oder wo auch immer mein Koffer gelandet ist. Auch sonst weiß ich nur mehr vage, was ich in den Koffer gelegt habe. Die letzte Woche vor dem Abflug

ein Angstrausch mit Nächten voll von Wach-
schweiß, panischer Euphorie, während ich nach
außen hin die unberührbare Kosmopolitin ge-
spielt habe. Die Zeiten, in denen man eine Atlantik-
überquerung als Abenteuer verkaufen konnte,
sind längst dahin. Das Ticket verfallen zu lassen,
war aber keine Option. Weil mir Far Rockaway
mit jedem Jahr weiter weg erschien. Weil meine
Leerstellen Dorfüberresten zu gleichen began-
nen, die langsam in schlammigen Stauseefluten
versinken.

Wer hoch hinaus will, wird dem Meer sich opfern.
Wir sind auch nur Menschen, sagtest du, Vater.
Wir sind den Göttern nicht gleich.

Diese Stadt riecht nach Meer, das war das Erste,
was ich mir gedacht habe, als ich den Airtrain bei
Howard Beach verlassen habe. Das Schlimmste
am Fliegen ist, man reist, stirbt, betet, ohne zu
riechen, hermetisch gefangen im Oben über Land
und Wasser. Die Nase genauso ausgetrocknet wie
das Gesicht, und das Meer ist nie da, obwohl man
es von oben ahnt, es durch das Seitenauge sieht
oder durch die Kameras am Flugzeugbauch, deren
Bilder sich auf den Bildschirm legen. Zwischen
den Wolken, weit unter den Flügeln, habe ich wieder und wieder ein paar Fleckchen Meer erahnt,
den Ärmelkanal, den Atlantik. Ich habe versucht,

etwas Schlaf nachzuholen, nicht daran zu denken, dass ich aus lauter Angst vor dem Verschlafen, vor dem Abreisen, dem Dableiben, die Nacht hellwach auf meinem Sofa verbracht habe. In die Wiener Dunkelheit gestarrt, wissend, heute ist der Tag da, der eine, der endgültige, an dem ich sterbe. Oder abhebe.

Ich habe im Bauch des A380 auf einen Fensterplatz bestanden. Wollte wissen, was passiert, mir die Illusion der Kontrolle bewahren. Genauso wie ich vor einigen Jahren die bulgarischen Berge anschauen wollte, durch die Flügel eines regungslosen Propellers hindurch. Das blutleere Gesicht der Stewardess unter schwerem Make-up, das mir erzählte, die *technical difficulties* seien doch schwerer als gedacht. Die Rettungs- und Feuerwehrautos, die in Sofia neben der Landebahn warteten, in einem Spalier des Grauens. Mit jedem Meter, den sich die kleine Maschine dem sicheren Boden oder dem sicheren Ende näherte, sah ich die Leerstellen in mir im Schlammwasser versinken. Sah jede nicht begonnene Reise, jede in die Zukunft gedrängte Idee in dunkler Kälte untergehen.

Wie hoch muss ich mich hinaufzwingen, um
Mich den Funken, den flirrenden Strahlen zu op-
fern?

Falle ich brennend, löse ich mich
Im Löschwasser auf.

JFK ist noch schlimmer, als alle sagen. Drei Stunden stehen gelassen werden für drei Minuten Überprüfung, und dann noch einmal warten, und noch einmal. Und irgendwann ohne Koffer in Howard Beach sitzen. Zehn Minuten warten oder fünfzehn. Irgendwann sind alle anderen Passagiere in den Zug Richtung Manhattan eingestiegen, während man selbst immer noch am Bahnsteig sitzt. Sich fragt, ob überhaupt ein Zug nach Far Rockaway fährt. Ob es überhaupt ein Far Rockaway gibt, ob man sich verhört habe oder verlesen, und wo zur Hölle man überhaupt ist. Der Koffer in Frankfurt oder Miami, oder sogar noch in Wien, und die Seele noch über dem Atlantik.

Der A Train kommt. Far Rockaway steht auf der digitalen Anzeige im Fenster, FAR ROCKAWAY, und einige Einheimische aus Queens und Flughafenangestellte außer Dienst wundern sich, warum eine Touristin ohne Koffer auf dem Bahnsteig steht und beim Anblick geöffneter U-Bahn-Türen zu weinen beginnt.

Mein Ankommen, Vater, hast du gar nicht geplant.
Bist losgeflogen mit mir, um
Ohne mich zu landen.

Das Meer wird mich locken, und die Sonne.
Trotzdem habe ich mir Flügel gebaut.

Oder deswegen.

Die wenigen Male, als ich mich nach der Notlandung in ein Flugzeug gezwungen habe, habe ich braune Berge unter mir gesehen, auch wenn ich über Felder oder Öresundwellen geflogen bin. Die sanft am Flügelrand wackelnden Düsentriebwerke haben sich in still gelegte Propeller verwandelt, das Lächeln heimischer Flugbegleiterinnen wurde zur Grimasse ihrer bulgarischen Kollegin.
Technical difficulties.
Feuer ist stärker als Wasser. Selbst, wenn das Wasser ein Ozean ist. Wenn sich schon die Strecke Wien–Berlin länger anfühlt als die Ewigkeit zwischen Hölle und Purgatorium, scheint jedes Weltmeer unüberbrückbar.

Du hast es gewusst, Vater, dass
Meine Augen an Meer und Sonne kleben werden.
Dass es nur eine Frage der Zeit sein wird,
Bis ich steigen oder sinken werde.
Fliegen werde, mit
Meinem Ende vor Augen.
So sind wir losgeflogen, Vater, ich und du.

Rockaway, baby, in the tree top. Far, far away. Ich bin so weit weg wie in meinem ganzen Leben noch nicht, und mich schmerzt die Distanz zwischen dem Dort, wo ich sein sollte, und dem Dort, wo ich bin. In meinem Kopf war ich schon hunderttausend Mal in irgendeinem Far Rockaway, dabei habe ich es erst jetzt, mit Mitte dreißig, zum ersten Mal über den Atlantik geschafft. In meinen Beinen spüre ich immer noch jedes einzelne Brummen und Vibrieren und Heben und Senken, jede Sekunde, die der Flieger seinem Ende hätte entgegenstürzen sollen, jeden Moment, in den er sich dann doch elegant auf Reiseflughöhe gehalten hat, meinen Erwartungen, Erfahrungen zum Trotz.

Sie ist unnatürlich, diese Höhe, sagst du, Vater.
Nicht für Menschen gedacht.
Ich aber weiß, Vater,
Will man der Überflutung entkommen,
Bleibt nur der Weg über das Meer.

Ich bin in Far Rockaway, wo vor mir noch nie eine Touristin war. Wo man den Strand den Einwohnern der Gartensiedlungen überlässt und den Mutigen, die im Sommer den Weg aus Queens oder Brooklyn hierher finden.

Ich werde also das Stürzen lernen, Vater,
Ungeküsst und unberührt
Auf Saphirwellen aufschlagen und
Mein ungelebtes Leben wird
In sich selbst zerbrechen.

Ich bin in Far Rockaway, dem Ort, dessen Name sich durch mein Vorstellungsvermögen geschlängelt hat, der wilde Ranken wachsen ließ, dessen diffuser Zauber sich meiner Wirklichkeit immer widersetzt hat. Jetzt gehe ich durch diesen Vorort, dessen alter Name von Orten und von Sand erzählt, laufe zwischen leeren Stränden und abweisenden Supermärkten, zwischen Straßen voller Einfamilienhäusern und gepflegter Gärten, die mich an diese kindliche Illusion einer Idylle erinnern. Höre das Schaukeln des Wassers, das sein Wiegenlied singt, *rocking you, baby, far, far away.*

Es ist nicht das Nichts, das mich erwartet, Vater.
Nicht die kalten Hände der Ozeanbräute.
Du sagst, das Verbrennen kommt
Nach dem Ertrinken.
Fegefeuer, sagst du, ist stärker als Wasser.

Die ersten Tropfen treffen mich, als ich durch eine Reihe nasser Holzstämme gehe, die man irgendwann als Wellenteiler in den Sand gepflanzt hat. Die Hölzer scheinen regelmäßig unter Wasser zu stehen, Algen und Muscheln klammern sich an jeden Zentimeter. Ich überlege, mich unter den Betonsteg am Anfang der Gärtenreihen zurückzuziehen. Bleibe dann aber doch am Strand und lasse den Regen auf mich fallen. Meine Kleidung saugt sich mit Wasser voll, wird schwerer und schwerer.

Du sagst, das Schicksal ist ein Wunsch der Götter.
Aber ich werde nicht stürzen, Vater, dich
Eines Besseren belehren.
Und die Götter sowieso.

Der Wunsch ist der Vater des Abstürzens, Vater.
Aber ich
Spreche mich los
Vom Schicksal. Von dir.

Ich verlasse den Strand, will weiterziehen, den nächsten Schritt machen auf dieser Reise zu sich füllenden Orten. Veränderung heißt, erst einmal das Nichts einzuladen, es auszuhalten und irgendwann zu verlassen. Heißt, die Angst über dem Ozean zurückzulassen, dem Brackwasser zuzusehen, wie es langsam die leeren Orte verlässt, sie freilegt, all die Rockaways in mir, die noch gefüllt werden wollen. Heißt, mich dem New Yorker Regen zu stellen, das falsche Rot aus meinen Haaren tropfen zu lassen, durch schuhrandhohe

Pfützen zu laufen, in einem Vorort, der nie wieder unerreichbar sein wird.

Das Landen wird ungewohnt sein, Vater,
Ungeübt und blind.
Blutend werde ich mich aus Gras und Staubschich-
ten neu zusammensetzen
Und
Das Blut wegwischen
Von Knien und Stimme und Stirn.

Ich werde im Wolkenbruch durch den letzten Septembertag laufen, durch den Vorort meines neuen Universums, durch die neu gefüllte Stelle in meinem Inneren. Dann werde ich am Bahnsteig von Far, Far Rockaway stehen, die einzige Touristin von hier bis JFK Airport, und es wird aufhören zu regnen. Ich werde einen Airbus über mir hochziehen sehen, und noch einen, und noch einen, und ich werde wissen, dass ich erst einmal hierbleiben werde, einen Monat, vielleicht länger, und selbst, wenn ich einmal heimkehre, werde ich nicht mehr die sein, die ich war.

Siehe, ich bin nicht geschmolzen, Vater,
Götter.
Zerkratzt nur, und durchnässt, doch
Nicht verbrannt und nicht ertrunken.
Die neuen Flügel baue ich selbst.

Bald werde ich in Manhattan ankommen, nass, zu spät und ohne Koffer. Niemand wird sich wundern. Weil ich in New York bin. Und Sand und Orte an meinem Körper kleben.

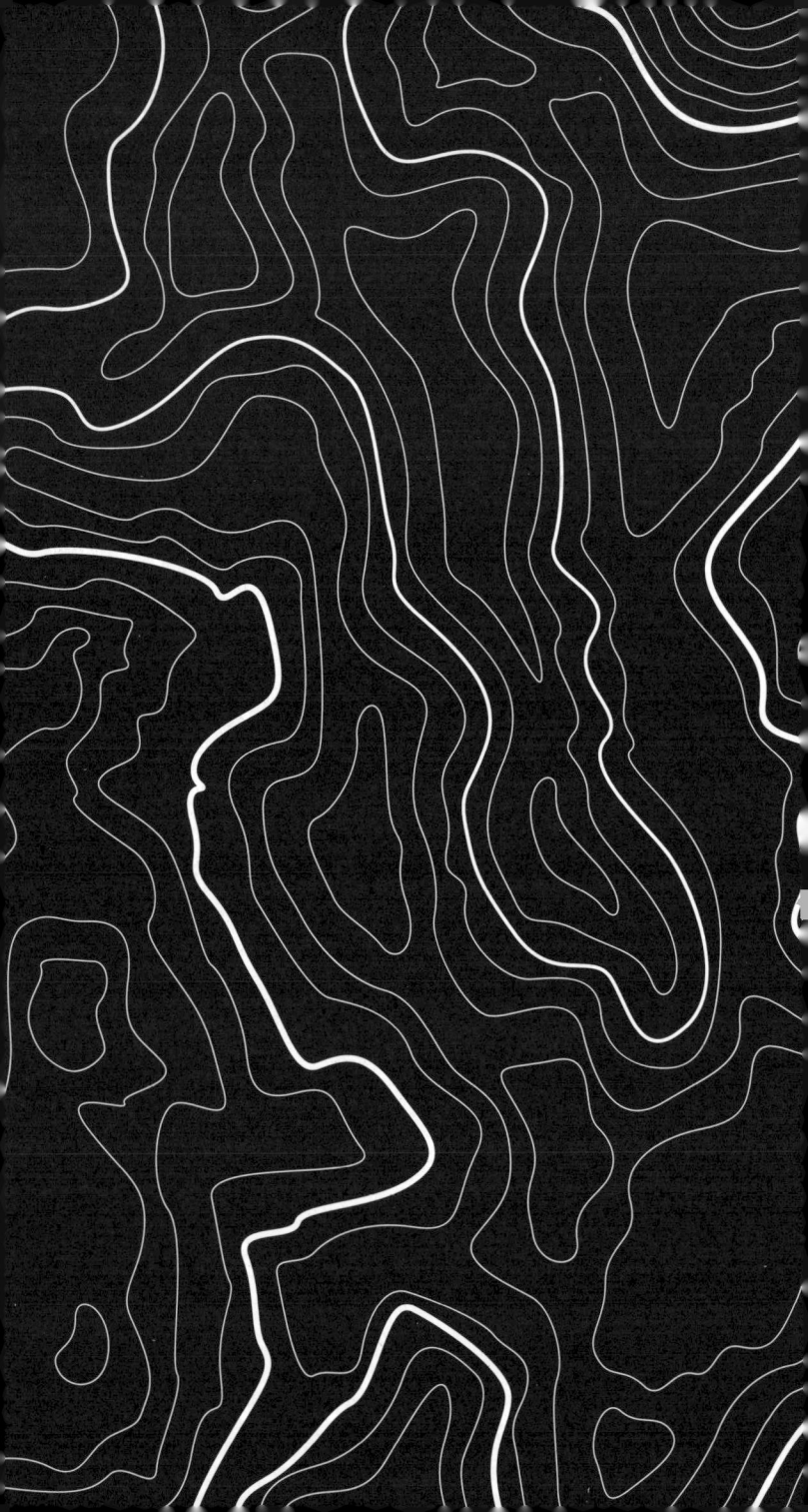

ANEŽKAS ASCHE

Am Anfang des Abschieds steht das Ende, das schon gewesen ist.

Knapp dreiviertel sieben ist es, und du steckst fest. Gezwungen zu tun, was du am meisten hasst, nämlich zu warten. Du wolltest längst abgereist sein, aber die Fähre, die dich hätte von hier fortbringen sollen, hat vierzig Minuten Verspätung.

Du bist nicht die einzige Ungeduldige, aber die anderen sind tief in ihren Alltag versunken. Die Leute gehen an dir vorbei, bemerken dich oder nicht, blicken auf die Anzeigetafel, lassen die Anfangskadenzen aus Smetanas Moldau an sich vorbeiplätschern, verwässert und aufgewirbelt vom Bahnhofslautsprecher. Einige fluchen leise, wünschen sich wohl, sie wären schon weg, oder könnten wenigstens rauchen, aber das ist auf dem gesamten Gelände vor kurzem verboten worden, was dir relativ egal ist.

Die beiden alten Damen neben dir haben sich in ihr Gespräch zurückgezogen, zu laut, um sie ganz ignorieren zu können, zu leise, um dich von deinen Gedanken abzulenken. Du zupfst dein Halstuch zurecht, schon wieder, nicht dass dir kalt wäre, aber du möchtest etwas tun, mit deinen Händen, etwas anderes, als nur deine Tasche festzuhalten, um zu verhindern, dass dir der Inhalt vor die Füße kippt. Du willst die Tasche ohnehin nicht wahrhaben, schaust lieber überall anders hin.

Du siehst auf die Gleise. Rechts führen sie nach Prag, links in Richtung Endlosigkeit, oder vielleicht auch Richtung Budějovice, wer will das schon wissen. Am mittelböhmischen Himmel fließen ein bisschen Regen und Abendsonnenschein ineinander, den Regenbogen könnte man dir heute wenigstens ersparen, denkst du. Du fühlst dich wie in einem Film der misslungenen Sorte, zumindest ist es die letzte Ausstrahlung. Du bist wie immer, und ein letztes Mal, quer über die Gleisanlagen gegangen, hast die nahe gelegene Brücke ignoriert. Durchs Gestrüpp, über Berge ausgeschütteter Schwarzkohle, durch halb vertrocknete Lachen, durch das enge Torloch in einem Gartenzaun ohne Garten, das den Hintereingang zum Bahnhofsgelände markiert, und dann über sechs, sieben leicht verrostete Schienenstränge und hohe Betonkanten, immer auf der Hut vor den Zügen, die man weniger sieht als hört. Die leicht lebensmüde Abkürzung also. Im Gedenken. Und in alter Tradition.

Die letzte Reise also. So habt ihr euch das nicht vorgestellt. Das letzte Mal eine Schiffsfahrkarte kaufen, von der Kleinstadtinsel zum Hauptstadtarchipel, für die letzten dreiundsechzig Minuten. Gleich wirst du einsteigen, zum letzten Mal die Seekrankheit spüren, die sich von deinen Knien aus im ganzen Körper ausbreitet. Du wirst dir einen Platz finden, am Fenster, damit du den vertrauten Ozean sehen kannst. Die kleine Fähre wird nach vierzig Jahren kommunistischer Vernachlässigung riechen, nach überhitztem Kohlestaub, billigen Kaugummiüberresten und nach Putzmitteln, die den Schmutz auch nicht mehr herauswaschen konnten, obwohl man es in den ersten Jahren nach der Wende tatsächlich noch versucht hat. Inzwischen weiß man, bald werden neue Schiffe kommen, zweistöckige, auch auf dieser Nebenstrecke, Pendlerfähren, bei denen Stromnetz und Flussnetz eins sein werden, auch hier wird man sie mit Tiernamen taufen, Wiesel, Seekuh, Elefant.

Dann endlich Abfahrt. Du fährst dem Ende entgegen. Dein Grund für eine Wiederkehr hat sich aufgelöst, Feuer ist stärker als Wasser.

Endlich wirst du Benešov hinter dir lassen können, diese verwechselbare kleine Insel im Seekreis Mittelböhmen. Obwohl du längst einem anderen Land angehörst, bist du in den letzten zwei Jahrzehnten Dutzende Male hierher abgetrieben. Dennoch hat dieses Städtchen in deiner ganz persönlichen Geografie nie wirklich existiert, höchstens als Geisterinsel auf einer alten Seekarte. Benešov, noch vor fünfzehn Jahren eine Ansammlung altersgrauer Fassaden und staubig leerer Schaufenster. Die Häuser von Hauptplatz und Wasserfront inzwischen schon fast zu bunt erneuert, sogar diese Dörfer am Rand der Bezirksgrenze, die du immer das Ende der Welt genannt hast, diese Miniinselchen, Holme, lassen Wohlstand erahnen. Boote von Volkswagen und Hyundai statt von Škoda oder Wartburg, mit glänzenden Rudern und Rettungsreifen, ankern vor geflickten, neu bestrichenen Fassaden, Stegen und Gehsteigen, dort, wo früher der Straßenrand ausfranste.

Du warst dir jedes Mal sicher, dass dich ein Irrtum hierher geschwemmt hat. Ein fremdes Kind warst du, dann eine fremde junge Frau, flüchtig anwesend in dieser seltsamen Ansiedlung, in diesem mit Melancholie durchtränkten, in Melancholie ertränkten Städtchen mit seinen etwas struppigen, etwas heruntergekommenen Landmatrosen. Ob in ihrer billigen Einheitskleidung aus zuerst real sozialistischem, dann marktwirtschaftlich optimiertem Polyester, alle nur unterwegs auf ihre ganz private Insel, damals genauso wie heute. Du hast dich herausgeputzt für deine Besuche, du warst ein westliches kleines Mädchen, eine Passagierin erster Klasse, wenn schon sich fremd fühlen, wenn schon untergehen, dann bitte mit Stil. Zuerst jahrelange Abwesenheit, der Weg nach Benešov überflutet, ohne Staatsbürgerschaft schafft man es nicht einmal als blinde Passagierin auf ein Schiff. Dann nur flüchtige Stippvisiten, nie länger als zwei oder drei Tage am Stück. Sich dennoch fühlen wie ein Ozeandampfer, versunken, zerbrochen am Ozeanboden liegend, Jahrzehnte ohne Sauerstoff, unter Millionen Tonnen von Wasser.

Du stehst auf, fast hättest du die Tasche umgeworfen. Musst dich wehren gegen das Einsinken in den Morast deiner Gedanken. Vierzig Minuten Verspätung lassen dir eindeutig zu viel Zeit für Erinnerungen.
Dein Blick fällt wieder auf die rosa Tasche zwischen deinen Füßen. Wenn man geht, lässt man seine Vergangenheit genauso zurück, wie man sie mitnimmt. Deine Ahninnen waren immer mit dabei, sie ließen sich nie ganz verdrängen, tauchen immer wieder auf. Die katholischen Bäuerinnen, die wehrhaften Hussitinnen, die paar eingestreuten Sudetinnen und Jüdinnen, du hast auf jeden

Fall genug Gene mitbekommen, um in deiner Blutbahn einen mittelgroßen Weltkrieg toben zu lassen.

Auch Anežka hat sich in dir festgegraben. Diese letzte legitime Nachfahrin einer langen Reihe, wie sie immer gesagt hat, stolzer Südtschechinnen. Sie hätte mitkommen können, nach Klosterneuburg, nach Wien. Sie hat hierbleiben müssen. Und sie ist geblieben. Bis zum absehbaren, unlösbaren Ende, vor ein und halb Jahren, im Krankenhaus, kurz nach Mitternacht. Du bist an ihrem Bett gestanden, obwohl das nicht mehr Anežka war, denn Anežka hatte runde, rote Backen. Sie war nicht dieser Mensch, der fremd und röchelnd zwischen den krankenhausweißen Laken lag, nachtlichtgrün und in sich selbst ertrunken. Du hast den letzten Zug erwischt, der noch zu ihr gefahren ist, mit jedem Kilometer durch das alte Land hast du dir vorgestellt, wie sie Atemzug um Atemzug ein bisschen mehr Leben aushaucht, hast dich gefragt, ob du dich noch von ihrem Schatten wirst verabschieden können. Die Nachtschwestern haben euch noch diese eine Besuchszeit erlaubt, die alte Frau hatte schon den ganzen Nachmittag auf euch gewartet, um in Ruhe ertrinken zu können.

Der Anruf aus dem Krankenhaus dann am nächsten Morgen. Geweint hast du erst am Nachmittag. Als die Krankenschwestern euch Anežkas Sachen ausgehändigt haben, ein ausgewaschenes Nachthemd, zwei Haarspangen, eine Brille. Als du am Bahnhof vorbeigelaufen bist, wissend, dass die Zeit der kleinen Rückkehrodysseen vorbei ist. Jede Reise nach Benešov war eine Überwindung, eine Frage ohne eine gute, rettende Antwort. Verwandtschaft verhält sich wie die Ringe um zwei Steine, die nebeneinander ins Wasser geworfen werden, konzentrische Kreise, die sich überschneiden müssen. Jedes Mal wärst du lieber zu Hause geblieben, wo auch immer das liegt, jedenfalls nicht in Anežkas kaum beheizter Doppelhaushälfte. Aber alle zwei, drei Monate hat dich dein schlechtes Gewissen an Bord der Fähre gescheucht, damit du einige Tage in der Vergangenheit einer einsamen alten Frau ertrinken kannst, die dich mit Marmelade gefüllten Biskotten und Gesichtern von braunen und roten Besatzern gefüttert hat, während du angekämpft hast gegen das Versinken.

Die Moldauverwirbelung kündigt einen Zug an, aber es ist nur der zweiwaggonige *motoráček* nach Vlašim und Trhový Štěpánov, dein Entkommen lässt sich noch Zeit. Du fluchst, auf Deutsch, willst deine Wurzeln hier nicht in den Fliesenboden schlagen müssen. Der Bahnhof hat sich verändert, endlich. Mehr als fünfzehn Jahre nach der Wende hat auch er den Kommunismus abgestreift und präsentiert sich in Schönbrunnergelb. Anežka hätte das gefallen, sie war stolz auf dieses Volk, auf einen Bahnhof, auf das Inselchen, auf das sie in den Fünfzigerjahren gezogen ist. Auf ihr Land der Dichter und Denker und Musiker, auf den, wie sie gesagt hat, unverwundbaren Hradschin und auf die Prager Philharmonie. Ihr Stolz wie Sturzflut und Schneeschmelze. Dass die Familie das Land auf dem Seeweg verlassen hat müssen, ins feindliche Ausland abgetrieben worden ist, hat ihr den Boden unter den Füßen weggespült. Und noch mehr, als die Worte der Enkel auf Deutsch herausgesprudelt sind. Sie hat es als persönliche Beleidigung ihrer Seehoheit wahrgenommen, als Demütigung, die Sprache des Vaterlandsverräters in ihrer eigenen Blutlinie zu hören. Du nimmst es ihr nicht mehr ganz so übel, verstehst, dass die braune und rote Überschwemmung eine Überlebende aus ihr gemacht haben. Dennoch hast du dir gewünscht, sie hielte ihre Meinung und Verachtung zumindest manchmal hinter Dämmen zurück. So sehr sie dich gedrängt hat, du hast deinen böhmischen Anteil nie gesucht. Hast dir geschworen, dass dieser Teil nie zu dir gehören wird. Falls es je eine Ahnenlinie gab, ist sie versunken, liegt begraben im Schlamm des Rheischen Ozeans. Doch die Geister tauchen auf, die Geister dieser im Strom

der Geschichte Ertrunkenen, immer wieder, un-
verhofft, und verfolgen dich.

Anežka selbst war eine Sturmflut, Pegelstand ein
Meter fünfundsechzig und höher, Wellen mit
Lockenwicklern gebändigt. Wenn du in Benešov
warst, wolltest du davonschwimmen, wenn du
weg warst, hat sie dir gefehlt, und jetzt, wo diese
Flut sich endgültig zurückgezogen hat, erlaubst du
dir erstmals, sie zu vermissen.

Noch immer kein Schiff, kein Nebelhorn aus Richtung Budweis oder Unendlichkeit. Du bist allein.
Nein, Anežka ist bei dir. In deinem Blut, in deinen Gedanken. Und in der hübschen rosa Leinen-
tasche zwischen deinen Füßen.

Anežkas letzte Reise war anders geplant. Dein
Bruder hätte die Asche von Benešov nach Prag
bringen sollen, in die Wohnung deiner Schwester,
und von dort dann zur letzten Ruhe, auf irgend-
einen Prager Stadtrandfriedhof, wo du nie hin-
fahren wirst. Sie hatte lang genug Zeit, um ihren
Abschied zu üben. Über ein und halb Jahre ist
die Urne in ihrem ehemaligen Haus gestanden,
ein und halb Jahre habt ihr diskutiert, wo sie ihre
letzte Ruhe finden soll.

Du wolltest heute Nachmittag nur noch ein letztes Mal durch das Haus gehen. Dich ein letztes Mal verabschieden von Anežkas leeren Zimmern, nur du und deine Schritte und deine Erinnerung. Ein letzter Kontrollgang durch ein Haus, in dem niemand mehr wohnen wird, zumindest du nicht und keiner deiner Familie. Den Geruch der Speisekammer atmen, das abgetretene Küchenlinoleum abschreiten, dessen Lackschicht Anežka immer selbst ausgebessert hat, Farbe und Pinsel und fast neunzig, das ist doch kein Alter. Du wolltest die Pelargonien riechen, die Kälte des Kohlenkellers spüren, die den Flur durchschwebt. Anežkas verstörende Katze wurde längst nach Wien übersiedelt, mit dem Auto, Katzen meiden Wasser, wo auch immer sie können. Das Haus ist verkauft, der Umbau wird morgen beginnen. Du musstest nichts mehr tun, nur noch einmal durchs Wohnzimmer gehen, schwere alte Möbel betrachten, darauf Trockenblumenreste, Spitzendeckchenstaub. Und die Urne, die definitiv nicht da hingehört, die nicht sein darf, wo sie ist.

Telefon nehmen, wählen, das wohl absurdeste Telefonat deines Lebens führen. Honzo! Bruder! Du hast die Oma vergessen!
Eine Pause, dann auf Deutsch ein »Scheiße!« am anderen Ende.
Also du mit dem Zug, hast sie einfach mitgenom-

men, in der hübschesten Tasche, die du finden konntest, alle Gedanken an Pietät und Anstand zur Seite schiebend.

Wenn man ein Herkunftsmeer für immer verlässt, lässt man auf den Inselchen auch Gräber hinter sich, aber darüber redet keiner. Tot ist tot, sagst du, vorbei ist auch schon gewesen, aber was nach dem Sterben passiert, darüber wird man sich noch Gedanken machen müssen. Solltet ihr euch für ein Grab in Benešov entscheiden, wo niemand anderer jemals beerdigt sein wird, oder sie zu den Großtanten betten, in irgendein Urnenfach am Rande von Prag? Sie war nicht deutlich in ihrer Grabessehnsucht, ihre Totenkleider aber sind dreißig Jahre im Schrank gehangen, haben euch schon als Kinder einen Schrecken eingejagt, das schwarze Kostümchen, die Bluse, sogar die Strumpfhosen.

Ihr hättet sie außer Landes schmuggeln sollen, sie in einen Schiffskoffer packen. Es wäre vielleicht leichter gewesen, nicht legal, aber es hätte ihr entsprochen. Ihrem Protest gegen das System, das aus Anežka eine Schmugglerin gemacht hat, eine Freibeuterin mit selbst gestrickter Totenkopfflagge, immer bereit, sich mit den Majestäten von Hammer und Sichel anzulegen, den Grüngekleideten auszuweichen, jedes Mal, wenn sie den

Kröten vom Passamt einen Passierschein abringen konnte.

Als die Trennlinie noch aus Blut und aus Stacheldraht bestanden hat, hat sie kurze Reisen ins feindliche Meer antreten dürfen. Mit Glück zweimal im Jahr. So sind dann alle paar Monate ihre Tochter und Enkel in Wien am Franz-Josefs-Hafen gestanden, in Erwartung des Schlimmsten, in Erwartung des Vindobona-Zuges. Ihr wart euch nie sicher, ob die Schmuggler- und Piratenjäger wirklich so blind sein können, aber sie konnten, und Anežka hat immer gewonnen. Wen stören sie denn schon, die kleinen alten Damen, die ihre schwarzen Augenklappen hinter zentimeterdicken Brillengläsern verbergen?

Mit Anežka sind süß erschmuggelte kleinen Siege gekommen, wertgefüllte Kleinigkeiten, die deine Familie bei der Emigration zurücklassen hat müssen, winzige Geschenke für Kinder und Kindeskinder, filigrane Schmuckstücke, von ihrer Pension abgespart. Genau die Art von Schätzen, von denen man nie wissen hat können, ob sie nicht einfach von einem Zöllner gestohlen werden würden, an einer Grenze, an der das Parteibuch mächtiger war als das Gesetzbuch.
Anežka hat darauf bestanden, sie auszutricksen, die Passamtkröten und die Grenzfreibeuter, und

so haben kleine Goldkettchen ihren Weg zwischen die Käsescheiben in Anežkas Jausenbrote gefunden, kleine Engelsanhänger ins Herz ihrer Wollknäuel, patinierte Silbermünzen in Anežkas Winterschuhe. Sie hat sich oft nicht zu essen oder stricken getraut während der Bahnfahrt, weil sie nicht mehr gewusst hat, wo der Schatz versteckt war, und wegen der Dublonen und Taler in den Stiefeln hat sie nicht einmal zur Toilette gehen können. Aber sie ist immer mit dem Gefühl des Triumphs angekommen.

Du schreckst auf, schräg aneinander gehängte Akkorde zerreißen deine Gedanken. Schon wieder Smetana, schon wieder die Moldau, dieser unplünderbare Nationalschatz, der aus den Bahnhofslautsprechern tropft, da haben die tschechischen Bahnen sich etwas einfallen lassen. Die Fähre, endlich, ein Pünktchen in der Ferne. Dann Umrisse, die näher und näher kommen, ein Regionalschiff, immerhin nicht der hellblau-weiße, schmutzige Pendlerkahn, der an jeder Scheune hält.

Ihr steigt ein, Anežka und du. Du bist ausgesprochen vorsichtig, willst dir ein Stolpern nicht einmal ausmalen. Die Fähre ist fast voll, der Wellengang milde, ungewöhnlich viele Leute fahren an diesem Wochentagsabend vom Süden in Richtung Prag. Du möchtest dich nur noch setzen, findest endlich einen Sitz in einem Abteil, bei der Tür, Fenster oder Reling wären dir lieber gewesen, aber egal. Du fragst die Mitpassagiere, ob die Asche auch nicht stört, willst niemanden schockieren. Man versichert dir, sie störe in keiner Weise, Schiffsreisen mit Urnen scheinen auf dem mittelböhmischen Binnenmeer innerhalb der Norm zu sein, auch gut. Unterhalten will sich mit dir keiner.

Die Meeresoberfläche rutscht vorbei, und die Häuschen und die Inselchen. Du hast zwei Kilo Asche und eine kupferne Urne auf den Knien und bist froh, dass es vorbei ist, erleichtert und erschüttert. Und seekrank sowieso. Die endgültige Grablegung wirst du dir hoffentlich sparen dürfen. Du hast ohnehin für eine Seebestattung plädiert, wärst gerne auf den Schlossteich von Konopiště hinausgerudert oder auf einen der Brunnen im englischen Garten und hättest Anežkas Asche den Seerosen übergeben, die sich auf der Wasseroberfläche treiben lassen. Weder deine österreichischen noch deine tschechischen Freundinnen und Freunde können deine Seegänge und Gedankengänge verstehen. In ihren Familien wird pflegeleicht im jeweiligen Inland gestorben, sie sparen sich ein und halb Jahre Diskussion über Gräber und Grabstätten.

Ein Logbuch hat Anežka nicht hinterlassen, nur Episoden, Eindrücke, Leere. Du drückst die Tasche fester, zwischen dir und der Asche Schichten an Stoff und Kupfer. Versuchst, dir ihr Gesicht vorzustellen, aber es verwischt in deiner Erinnerung, mit jeder Stunde, mit jedem Kilometer mehr. Zu Hause in Wien wirst du dir Fotos ansehen und Anežka als Ansammlung von Episoden vor dir sehen. Als Dreiundfünfzigjährige, die am Tag der Invasion russische Soldaten mit dem Stock aus ihrem Garten verjagt hat. Als Siebzigjährige, die ihren nach einem Sturz am Verandadach völlig zersplitterten und verdrehten Knöchel selbst in die richtige Position gedreht hat. Als Fünfundachtzigjährige, vor der kein Obstbaum sicher war. Als Schrecken der Kröten vom Passamt, als weißhaarige Kleinstadtrachegöttin. Dass die Kröten von ihr ein neues Passfoto haben wollten, war ausnahmsweise keine Schikane, sondern posttschechoslowakische Wirklichkeit. Den Weg von ihrem Haus zum Fotografen ist sie wie immer über die Abkürzung der Bahngleise gegangen. Vor lauter Wut war sie unaufmerksam, sie hat sich die Stirn an den Schienen blutig geschlagen. Dann ist sie blutüberströmt ins Passamt gestürmt, um zu rufen, dass der gute Venoušek, also Präsident Havel, sich schämen würde, würde er wissen, wie man hier mit alten Leuten umgeht. Die Kröten vom Passamt haben sie für einen Geist gehalten oder für einen kleinen wütenden Großmutterdämon, mit eintrocknendem Blut auf Bluse und Brille, und so hat sie ihr Passfoto behalten dürfen, obwohl das in einer Zeit geschossen worden war, als russische Panzer die Straßen des Landes überschwemmt hatten.

Außer den Anekdoten sind dir Anežkas handgeschriebenes Kochbuch geblieben, ihre Stickereien, ihre handgezeichneten Muster auf Butterbrotpapier, dein Erbe, deine Schätze. Und Kampfchoräle der Hussiten, die Anežka immer intoniert hat, *ktož jsú boží bojovníci,* wer sind die Krieger des Herrn, du scherzst, dass deine Kindheitstraumata auch musikalischer Natur seien. Nicht dass dir deine kleine Hinterlassenschaft den Abschied leichter gemacht hätte. Du warst nicht vorbereitet auf diese Rituale, diese Leute, die sich aufreihen und Händedruck und Floskeln loswerden wollen, weil es sich so gehört, weil ihr alle hilflos seid.

Schlimmer als die Fremden dann nur die eigene Verwandtschaft. Du erlaubst dir meist, die große Mutterfamilie zu vergessen. Kennst sie kaum, all diese Leute, die du seit dem Bruch nur noch bei Festen und Begräbnissen gesehen hast. Was machen sie mit dir, was machst du mit ihnen, was nützt es denn, das ihr verwandt seid?

Anežkas Leichenfeier wurde in ihrem Wohnzimmer abgehalten, der Raum voll kaum bekannter Verwandtschaft. Alle haben sich mit dir verbunden gefühlt, alle haben ihre Nasen in deine Biografie gesteckt. Die Alten haben Sanftprozentiges in ihre Körper fließen lassen, die Jungen sich für ihre Ahnen entschuldigt. Und alle sind sie überraschend fröhlich gewesen, zu fröhlich für den Teil von dir, der im neuen Land aufgezogen wurde. Trauerfeiern sind in der Mutterfamilie eine gewollt heitere Sache. Die neue Heimat weint anders, in Wien hätte Anežka wohl keine Törtchen und Trinksprüche bekommen, keine Brötchen und keinen Eierlikör, keine Geschichten und Erinnerungen. Die uralten, leicht betrunkenen Großtanten hätten nicht auf Anežkas Sofa gethront, keine lustvollen Debatten wären zwischen Mutter und Cousinen geflossen, und keine Inseln aus Schnitzeln und aus böhmischem Kartoffelsalat hätten ihren Weg in Seelen und Bäuche gefunden. Österreich ist anders, Tschechien ist es auch.

Hauptbahnhof, Prag, das Schiff ist angekommen und ihr auch.
Hunderte Male ist Anežka diese Strecke gefahren, aus dem Pendlerzug oder dem Regionalzug ausgestiegen, durch den hässlichen, sowjetisch umgebauten Bahnhofsteil durchgelaufen, um sich dann in der Stadt zu verlieren. Sie hat es geliebt,

ihr goldenes Prag, und hat es auch jedem erzählt, der es nicht wissen wollte, vor allem dir. Hat von Ruhm und Ehre der Hauptstadtinsel ihres großen böhmischen Reiches erzählt, von Königinnen und Seherinnen am Vyšehradhügel, von Mittagsfrauen und Großmuttergöttinnen, von Morena, Mokoše, Lada. Sie hat ihre Vergangenheit geliebt und gelebt, von außen die nette alte Frau, innen Jahrzehnte voller Krieg und Gewalt, ihre Tarnung mehr als gut. Jetzt wartet sie mit dir, am Bahnhof und auf deinen Bruder, ungeduldig und drängend. Du kannst Anežkas Asche nicht auf ein verschmutztes Bahnhofsklo mitnehmen, also stehst du in der Halle, hörst das Bellen der Nebelhörner, siehst die Passagiere, die gleich die Fähren nach Budapest oder Berlin oder Wien besteigen werden, und wartest.

Das war es also. Der letzte Abschied, der letzte Gefallen verbraucht, der letzte Fahrschein entwertet, die letzte Gutschrift eingelöst. Gleich kannst du sie übergeben, deinem Bruder und der Ewigkeit, und morgen früh fährst du heim, die Fähre wird dich in eine Welt bringen, in der es kein Benešov mehr geben wird.
Wäre jetzt ein Schlusswort angebracht, irgendeine Rede, eine Phrase, eine Beschwichtigung, die den Abschied leichter macht? Ein allerletztes Requiem? Der letzte Choral sind die Geräusche des

Bahnhofs, die Stimmen, das Rollen der Koffer, die Autos von draußen, die Züge aus der Ferne. Anež-kas Abschied. Des Ende, das gerade begonnen hat. Du hebst die Tasche hoch, sie fühlt sich schwer an, schwerer als sie sollte. Du nimmst sie in den Arm, die Tasche, die Schachtel, die Urne, die Asche, von Großmutter Anežka und Großmutter Mokoše und Großmutter Morena und Großmutter Lada.

Du möchtest sie einfach nur halten, hier, wo Tote, wo die Göttinnen vergangener Tage nicht erwartet werden, nicht einmal zur Durchreise. Das Ritual nimmt seinen Lauf, du stehst in Prag, mitten am Hauptbahnhof, es ist Mittwoch, ein Frühsommer-abend, und du hältst die Asche deiner Großmutter im Arm.

Und nichts ist, wie es einmal war. Und alles ist so, wie es sein sollte.

NORMALNULL

950 Meter über N.N.: Panta rhei

Die Seekrankheit hat sich zwischen meine Knochen eingenistet. Noch Stunden nach meiner Rückkehr wird sie nach meinem Magen treten, im Bus unterwegs vom Haupthafen, beim Koffer-Auflösen, beim Studieren der Seekarte. Wieder eine meiner Suchreisen in das angebliche Mutterland vollbracht, und wie nach jedem Durchqueren des binnenböhmischen Ozeans kann ich ein paar Stecknadeln mehr in Landmassen aus Papier stecken.

Den Schnee aus dem Grenzgebiet habe ich in die Stadt mitgebracht. Mit grünen Bergen habe ich gerechnet, weiße Karpaten bekommen. Nach zwei Tagen des Fluchens und Frierens habe ich die Höhe verlassen, Schmelzwasser im Rücken, und mich in Bussen und Regionalzügen fast bis Wien treiben lassen.

Die Fragen muss ich nicht einpacken, wenn ich die Grenzen kreuze, die finden mich auf jeder Seite meines geteilten Verbundgebiets, Kärnten oder Karpaten, Ústí oder Unter St. Veit.

Fühlst du dich? Als wie? Als ob?
Als?

Man möchte ein Bekenntnis aus mir heraus wringen, eine Zuordnung.
Land oder Wasser. Man sagt, ich habe mich zu entscheiden. Ich aber schwebe dazwischen. Zwischen den Schicksalen fremder Sudetenahnen, die man im Neuland nach mir wirft. Zwischen Atomkraftwerksverweigerung und dem Verteidigen-Müssen des jeweils anderen Landes. Zwischen geltendem Geborensein auf der einen Grenzseite und Aufwachsen auf der anderen. Zwischen Eintauchen ins Prager Alltagschaos und der Rückkehr in Wiener Sterilität. Zwischen einem Norden, der mein Kuchlböhmisch hinterfragt, und einem Süden, dem mein Deutsch dann doch etwas zu sauber klingt.

Dennoch reise ich weiter. Über mir die Sterne, unter mir der aufgeworfene, in die Höhe geborene Grund des Rheischen Ozeans.

In Buchseiten von Vordichterinnen suche ich nach böhmischen Großmüttern, die so wohl nie existiert haben.
An Stauseeufern fahnde ich nach Mutterspuren.
In Archiven finde ich Ahnen, von denen ich nie etwas wissen wollte.

Ich könnte meine Geburtsstadt anflehen, in mir die Illusion einer Zugehörigkeit hochsteigen zu lassen. Weiß aber von vorhinein, dass nichts nach oben treiben wird. Meine Vergangenheit schläft im Ozeanschlamm. Meine Gefühle schillern blau wie Wasserleichen.

Meine Sprache ein Kapitäninnenpatent zum Durchqueren des Fremdlandes. Und dennoch genügt mein Kuchlböhmisch nicht, um mich an der Oberfläche zu halten, wenn ich in Papierteiche eintauche, angelegt von Geheimdienstkröten, und in der Vergangenheit meines Vaters und meiner Familie ertrinke.

0,5 Meter über dem Sázavaspiegel: Frühlingsfried Hosenbein

Die Kanus haben Honza und seine Freundinnen und Freunde schon vor einigen Stunden aus dem

Wasser gezogen. Dass es ein guter Lagerplatz für die Nacht sein wird, wissen sie schon vom Vorjahr, und dem Sommer davor. Dieser Campingplatz ist zumindest nicht ganz so überlaufen wie andere.

Die Zelte sind aufgebaut, die Mobiltelefone an tragbare Akkus angesteckt. Jetzt sitzen alle im Gras, trinken Bier, Honza hat sich von den Rauchern möglichst weit weggesetzt, die Sitten seiner Vaterländer hat er nie übernommen, weder die tschechischen noch die österreichischen.

Vor ihm das Licht des Lagerfeuers, das Lukáš und Alena gemacht haben, von den Ufern der Sázava hinter seinem Rücken schwirren die ersten Gelsen zu ihnen. Honza fühlt sich müde vom Kampf mit dem Ruder und dem Wasser, müde und gut. Das Böhmen, das er mag, sind die Freunde, die er gefunden hat. Auch, wenn er nicht versteht, warum alle immer noch so misstrauisch sind, als könnte jeder und jede ein doppeltes Gesicht haben. Die Tage, als man nicht gewusst hat, ob der Onkel oder die beste Freundin die Akten des Staatssicherheitsdiensts füttert, sind doch längst davon geflossen. Man bleibt in bekannten Kreisen, organisiert Freundeskreise in Grüppchen, *partičky*: hier die Schulfreunde, da die Arbeitskollegen, da die Kumpels vom Ruderclub und die Studiengefährten von der Univerzita Karlova oder der Masarykova Univerzita in Brünn. Egal ob Geburtstagsfeier oder Wohnungseinweihung, bringt man die Grüppchen zusammen, bleiben sie unter sich, hermetisch, stur. Honza hat es aufgegeben, sich neue Gruppen zusammenzuwürfeln. Ist schon froh, wenn einmal ein neuer Ruderer oder Studierter oder Kollege zu einer alten Runde stößt.

Es ist Anfang der Zehnerjahre, er ist Anfang Dreißig. Nächstes Jahr wird er seine Meerjungfrau heiraten, das erste Nixenkind ist schon geplant. Jetzt sitzt er mit seinen Freunden am Lagerfeuer, genießt das Rauschen der Sázava und trinkt sein Bier. Dann packt einer der Freunde die Gitarre aus und die Liederbücher dazu, Karel Kryl und Jaromír Nohavica, oder, wie Honza sich den Namen übersetzt, Frühlingsfried Hosenbein. Der designierte Abendspieler wirft die Saiten an, das Grüppchen ums Lagerfeuer stimmt *Morituri te salutant* an, oder das Lied vom Brüderchen, das die Türen schließen soll, um die russischen Panzer nicht einzulassen, oder die Ballade vom *darmodej*, von dem, der alles vergeblich tut.

Nur Honza schweigt. Er weiß, was kommen wird. Er weiß, was immer kommt.
»Du bist bitte ein was, *Honzo*?«, wird der Neue ihn fragen, Slávek, es ist immer ein Slávek, denkt Honza, oder ein Petr. »Also, ich hätte dich für einen

von uns gehalten, *Honzo*, böhmisch-mährischer kann man schließlich kaum heißen. Die Ehefrau in spe aus Brünn, deine Augen sind fischteichfarben wie die meinen, und mit deiner Figur hätte ein feiner Eishockeyspieler aus dir werden können. Ich kann nicht glauben, dass du nicht einer von uns bist, *Honzo*, sondern ein *rakušák*, von drüben.«

»*Ano*«, wird Honza sagen, »ja.«

»Trotzdem«, werden Slávek oder Petr ihm antworten, »mitsingen könntest du schon, *Honzo*, wie lange bist du schon wieder …«

»Seit dem Auslandssemester vor sieben Jahren.«

»Und da hast du dir nie die Mühe gemacht, die Texte zu lernen, Honzo? Interessieren dich unsere Liedermacher nicht?«

»Nun …«

»Dann spiel doch selbst was, *Honzo*.«

Honza wird sich die Gitarre holen, mit *How many roads must a man walk down* beginnen. Das Schweigen der anderen wird das Wasserrauschen noch lauter erscheinen lassen. Beim Refrain werden ein, zwei auf Tschechisch einstimmen, die Übersetzung über das Original stülpen. Honza wird es noch einmal versuchen, mit einem Lied aus den Neunzigern, als man westliche Lieder nicht mehr staatlich übersetzt oder heimlich im Feindesradio hören musste. *After all, you're my wonderwall* wird auf schweigende Münder treffen. Slávek oder Petr

werden ihm die Gitarre abnehmen, das Frühlingsfried'sche *Mikymauzoleum* anstimmen, und viele
leicht betrunkene Zungen werden sich anschließen.

Honza wird schweigen und sich dann noch ein
Bier holen, obwohl er weiß, dass der Alkohol und
die Müdigkeit das dünne Eis aufbrechen werden
und dann sein sorgsam verdrängtes, in der Kind-
heitsküche herangezüchtetes Böhmisch an die
Oberfläche kommen wird.
»Jetzt hör ich es auch, dass du nicht hier aufgewachsen bist«, wird der Slávek oder Petr sagen,
»du Schilfländer, du.«

Morgen Abend wird Honza dann in Prag auf der
Náplavka sitzen, am Kai, auf der Flusszähmungs-
mauer, seine Lulatschschenkel werden seine Zehen
knapp über der Wasseroberfläche baumeln lassen.
Er wird eine Nachricht auf seinem Mobiltelefon
finden, Slávek oder Petr wird ihm Lieder geschickt
haben, ihn auffordern, endlich die Texte von Kryl
und von Nohavica zu lernen. Und Honza wird an
all die Nachrichten denken, ähnlichen Inhalts, die
er gelöscht hat. Und an all die selbst gebrannten
CDs voller böhmischer Liedermacher, die uner-
hört im untersten Regal ihrer digitalen Selbstver-
nichtung entgegen schlummern.

Ca. 3,5 Meter über dem Marchfeldkanal: Grundfließen

Ich teile mein Leben in Wasserabschnitte ein. Die frühen Moldaumonate, mit Ausflügen zum Schlossteich von Konopiště. Das halbe Jahrzehnt am Weidlingwasser. Wienzeilenjahre.

Dazwischen die Epoche, in der das Wasser zu mir gekommen ist.

Der Umzug vom Waldtal war ein lebensnotwendiger, für Eltern, Geschwister, für mich. Ans Großstadtende, aus dem Umfelddorf, von dort, wo man die Fremde ist und bleibt, egal, ob man neue Pässe und Passierscheine verliehen bekommt. Also mein zwölfjähriges Ich auf das andere Donauufer verpflanzt, in Stadtrandunauffälligkeit. Weg von Nachmittagen im Wald und am Bach, von ufernahen Kieselsteinburgen, von immerfeuchten Knöcheln und waldaufgeschürften Knien. Wir Nixenkinder auf einmal inmitten Stammersdorfer Felder, schlammlos, auf dem Trockenen.

Bis zu dem Tag, an dem die Bagger gekommen sind.

Der Kanal hat ein oder zwei Jahre nach mir den Weg in den Nordwesten Wiens gefunden. Hat die Felder am Ende meiner Straße durchtrennt, hat mir seine Eingeweide gezeigt, Geheimnisse, die den Kindern, die jetzt mit ihren Rädern über Felder und Uferwege rasen, nie bekannt sein werden.

Ich und die Nachgeborenen, wir sind über den Wurmabdruck gelaufen, den baggergeborenen, haben die dicke Folie am Kanalgrund als Rutschfläche missbraucht, bis der Kunstboden eines Tages vom Sand und den Steinen der Flusserweiterung überschüttet war. Wir Nixenkinder und die Nachbarskinder haben dann auf das Wasser gewartet, Woche für Woche und dann noch einige Monate.

Und dann haben wir es fließen gesehen, und fluten, und steigen. Wer kann schon von sich sagen, sie seien bei der Geburt eines Flusses dabei gewesen.

Manchmal erzähle ich mir, dass ich das Wasser mitgebracht habe in dieses trockene Bisambergvorland, die scharfe, tiefe Kälte des Weidlingbachs, die schlummernde Dunkelheit des Benešover Stauteichs, die mit Schwänen überfluteten Vltavawellen. Nur für die Biber, die sich zwischen den Kanalinselchen ihre Schlösser bauen, für die kann ich nichts.

Hier habe ich Nixentochter meine Beine wiedergefunden. Und das Kindheitswasser fließt immer noch. Auch, wenn ich nur noch selten am Wasser entlang wandle, am Abendwasser, an der fließenden Wienumspangung. Monate liegen zwischen den Momenten, wo ich mich vom Abend in Empfang nehmen lasse, dort, wo ich das Aufwachsen hinter mich gebracht habe, im Schmerz, im Trance, in Transdanubien. Das Ritual der kurzen Rückkehr aber bleibt gleich.

Ich durchquere Felder, bis ich das Glucksen höre. Grüße das Wasser, das sich vor mir aufspannt. Betrete dann Holz, auch schon mehr als zwanzig Jahre alt, auch schon mehr als zwanzig Jahre zu einer Brücke zusammengeflochten. Sauge den Mondabklatsch in mich auf, der auf der Wasseroberfläche zerbrochen ist, in flirrend feuchte Scherben, aus denen sich alle Sekundenbruchteile ein neues Abbild zusammensetzt, mehr Unform als Scheibe, sich wandelnd zu einer nächsten, wellengeborenen Gestalt.

Vom Westen, wo die letzten Schlieren des Sonnenuntergangs verblühen, wächst ein Licht zwischen Abendwolken, das sich teilt, in Frontlichter und Flügellichter und Hecklichter. Das Motorengeräusch gesellt sich erst knapp über meinem Kopf dazu. Der Kanal sagt nichts, er wird dem

Überfliegenden kurz seine Lichter zurückwerfen, und dann dem nächsten, der sich nur Minuten später nähert, und dem nächsten und nächsten und nächsten, bis die Stille der Nachtruhe sich durchsetzt. Nur kurz wird das Hecklicht einen Biber streifen, der weiterschwimmen wird, um sich zwischen den Ästen zur Ruhe zu betten. Ich stehe auf der Brücke, wie vor einem Jahrzehnt, oder zwei, und frage mich, wo die Flugzeuge losgeflogen sind, in Frankfurt vielleicht, oder nahe den Orten aus Sand.

Ich werde noch einige Perlen auf dieser sich selbst fädelnden Himmelskette abwarten, ein Flugzeuglicht und noch eines. Dem Donauwasser zuhören, es wird mich flüstern hören, mich, seine große Schwester. Ich werde alle Zuflüsse grüßen, die im Kanalbett verflochten liegen. Wissend, dass der Weidlingbach erst Hunderte Meter unterhalb der Kanalabzweigung in der Donau aufgeht.

Irgendwann werde ich dann weitergehen, in Richtung Straßenbahn und Stadtherz und zum Wienfluss hin. Entlang an Ufern, an denen ich nicht mehr wohne.

2,5 Meter neben dem Baťův kanál:
Insanus per aquam

Maminka setzt sich neben mich. In ihrer Hand ein Prospekt mit böhmischen Kurinstituten. Meine Mutter schlägt das Heft auf und liest:

Wir bieten exklusive Kuren zur Heilung des Herzziehens, das stärker wird mit jedem Entfernungskilometer. Angeboten in jedem guten Heilbad in Altböhmen und Großmähren. Nur nicht in Schlesien, das kostet dort extra.

Ob mondänes Kurhotel oder liebevoll renoviertes Relikt des real existierenden Brutalismus, unsere Häuser sind spezialisiert auf die Heilung dieses ganz besonderen Leidens.

Wie helfen, die Migrationsveränderungen auszulöschen, die Fernfältchen zu glätten, die Auswanderungsflecken zu bleichen oder ganz wegzuradieren, in nur zwei Wochen zwanzig Jahre jünger, oder gleich um eine andere Ära, eine Epoche.

Unsere geschulten Kurpsychologen reden den Gästen sanft die Ablagerungen ihres Auffanglandes aus und bieten Hypnose gegen den Schein der Unrückkehrbarkeit (lateinisch: melancholia boemica sensualis). In der Kunsttherapie malt man sich neue

Landkarten, dank der Tanztherapie kann man seinem Leid einen Schwanengesang darbieten.

Die Schlammpackungen vom uralten Boden des Rheischen Ozeans müssen nicht einmal mehr abgewaschen werden, bieten ein praktisches zweites Gesicht. Vom lebhaften Diskutieren der Emigrationsgründe wird aus medizinischer Sicht abgeraten, auch damit der eingetrocknete Schlamm nicht zu bröseln beginnt.

Das Wasser des Vergessens wird aus allen verfügbaren Quellen getrunken, angereichert mit Moldavitstaub und anderen meteoritischen Fremdkörpern.
Wahlweise in verschiedensten Temperaturen, als Trink- oder Badekur:
– 45°: Dieses Heilwasser löst die Schlacken alter Schläge und Sprachen, die sich tief im Gewebe eingenistet haben.
– 68–69°: Schaltet den Stoffwechsel auf Verbrennung um. Hilft bei der Entpanzerung und Entfernung von Blockaden und Barrikaden.
– 89°: Lässt die Háčeks und Striche über dem Namen wieder wachsen, die weggebrannten, weggehackten, wenn die vernarbte Haut geöffnet und die Hornwucherungen über den Cs und Rs und Ss und Zs wieder zu sprießen beginnen.

Unsere mährischen Seeleute fischen im Baťův kanál nach Algen, die den Gästen in Pillenform verabreicht werden, angereichert mit Jáchymover Steinsalz. Die Nährstoffe werden den Kummer von innen auflösen, die Seelenkrusten heilen, die Herzensverengungen weiten und die Knochen wieder mit heimatlichen Erdstoffen anreichern.

Für die Dauer des Aufenthalts ist eine eigens entwickelte Diät vorgesehen. Gästemägen, die das Essen ihres Heimatlandes nicht mehr gewohnt sind, werden behutsam zu ihrer Ursprungsernährung zurückgeführt. Ein stufenweiser Anstieg des Schinken-Obers-Röllchen-Gehalts, kombiniert mit traditionellen böhmischen Brötchen und mährischem Festtagsgebäck konditioniert die Mägen wieder, bis sie zum Abschluss sogar Kraut/Knödel/Schweinsbraten und die Königsdisziplin Lendenbraten mit Sauce wieder zu verdauen imstande sind. Das Bier zu den Mahlzeiten ist obligatorisch und wird zu den Heilgetränken gerechnet.

Auf besonderen Wunsch bieten wir für Gäste, die vor 1989 ausgereist sind, auch kommunistische Kantinenkost an, weich gekochtes Schweinefleisch, wahlweise mit zuckersüßer Dillsauce oder brauner Universalsauce, dazu sanft zerfallende Semmel- und Kartoffelknödel.

Fastenkuren haben in unserem Land keine Tradition und werden nicht angeboten.

In den Meditationsräumen können die Gäste zu Karel-Gott-Medleys, hussitischen Kampfchorälen oder den Klängen der Opa-Mládek-Illegal-Band ihre spirituellen Reisen ins Innere der Seele antreten. Rückholtechniken beinhalten sanfte Schläge ins Gesicht mit Karpfen aus Třeboň und Begießen mit Slivovice.
Für Erste-Klasse-Trancereisen wird ein Aufschlag von 1000 Kronen verrechnet.

Die Gäste bekommen ein Becherchen als Gastgeschenk. Das Kurtässchen wird aus Karlsbader Keramik sein, weiß wie Bierschaum, blau wie der Himmel, der sein Gesicht in Wassermannteichen spiegelt, gefüllt mit Becherovka, oder mit Vergessen, Lethe aus der Labé, Mohnsaft vom Moldauufer. Nach Einnahme werden die Gäste durch die Straßen ihrer Heimatstadt laufen können, als wären sie nie weggewesen, und wenn sie Panzer statt Touristengruppen sehen, dann nur auf eigene Verantwortung.

Kurdauer: je nach Verordnung von Arzt oder Botschaft.

0,0 Meter über dem Rheischen Ozean: Schatzsuche

Je älter ich werde, desto öfter sucht mich das Wasser.

Ich weiß nicht mehr, wer mir das kleine Geheimnis verraten hat. Wer mir von den Flüssen und Meeren erzählt hat, die meine Buchstaben durchfließen und sich unter dem Eis einer fremden Sprache verbergen.

Panta. Rhei.

Du bist, haben sie gesagt, die Fließende.
Du bist der Ur-Ozean, aus dem die Muttergöttinnen das Land herausgehoben haben, auf dem du zu existieren begonnen hast.
Du bist der Meeresboden, aus dessen Schlammpartikeln du dich zusammensetzt.
Du bist die fehlgeborene Binnenländerin, die prophezeite Ersttochter, das Nixenmädchen mit dem alten Namen, die in ihren eigenen Worten Ertrinkende.

Ich habe die Prophezeiung angenommen. Und mein Element mich suchen lassen.

Es lockt mich, bis ich meine Taschen packe und mich ins Altland aufmache. Der Boden meines Ozeans tut sich auf, gebiert mir Inseln, neue, vulkanische, ich nenne sie Žitková und Dolní Kralovice und Uherské Hradiště, reihe sie zu bestehenden Landmassen, die aus dem böhmischen Binnenmeer ragen.

Auf diesem Trockenfleckchen lauern Wasserstellen auf mich, ich nenne sie Teiche. Einen taufe ich Papírna, kleines Waldgrün auf der Benešov-Insel, ich taufe ihn Wiedersehen nach mehr als zwei Jahrzehnten. Ein Wasser, wo mein Bruder in einer anderen Epoche der Dunkelheit entgegen gesunken ist, bis meine Kinderkrallen und die Mutternägel seine Ärmchen und Beinchen wieder herausholten. Seitdem treiben im Teichdunkel die Muttertränen und Kinderschreie.

Ein anderes Gewässer nenne ich Švihov, weniger Teich als Talsperre, auf dessen Grund jüngst untergegangene Dorfüberreste liegen und Bruchteile eines Jungfrauensommers, aus einer Zeit, bevor ich von Fruchtwasser umflutet war. Wenn die Zeit reif ist, werde ich den Stausee suchen, durch Prager Trinkwasser tauchen und versunkene Worte ausgraben und an die Oberfläche heben. Auch weil es verboten ist.

Das Auge zwischen den Ferienhäusern, den leer geernteten Feldern und dem Militärflughafen von Königinnengrätz hat von mir keinen Namen bekommen. Trotzdem wasche ich dort dem Bruderkind die Heidelbeeren von Mund und Haaren. Das Bruderkind jauchzt und erschafft Wellen. Er kümmert sich nicht darum, dass ich das Schwimmen in einem anderen Land gelernt habe.

Vodka nenne ich das Gewässer in meiner Handfläche, landgebranntes Desinfektionswässerchen im Fünfzehn-Kronen-Plastikbecher, unbekanntes Heilwasser, mit dem ich Waldkratzer betupfe, zugezogen bei meinen Erforschungen der Flussanfänge, das noch lange in den aufgewirbelten Unterhautschichten brennt. Vodka ist stärker als Wasser.

Weit bin ich gekommen, das hinausgeworfene Kind, das sich fühlte wie im wasserleeren Aquarium. Ich schwebe zwischen Teichen und Inseln. Meine Worte lasse mich weitertreiben, Niemandsland im Herzen, Pass ohne Stempel, Überlebende ohne Schiffbruch.

Null Komma null Meter über dem Rhea'schen Ozean.